Les Cahiers de Marie-Thérèse

17 - LES GENS D'EN FACE

Collection *Cahiers de Marie-Thérèse*

Épisodes déjà parus :

1 - Le temps de la solitude
2 - Contre vents et marées
3 - L'éclaircie
4 - L'art de vivre
5 - Espoirs et giboulées
6 - Vivre en famille
7 - Etranges rencontres
8 - Premières vacances
9 - Une amie en détresse
10 - La dure école de la vie
11 - Joyeux retours
12 - Simple est le chemin du bonheur
13 - Les surprises du destin
14 - L'heure du choix
15 - Un métier de chien
16 - La maison du bonheur
17 - Les gens d'en face

Ouvrages disponibles chez l'éditeur et dans les bonnes librairies, en version brochée, ou reliée avec jaquette.

Les Cahiers de Marie-Thérèse

17 - LES GENS D'EN FACE

Couverture : Jean Bernadac

ELOR
Éditions

ISBN 2 912214 01 7

LES PRINCIPAUX PERSONNAGES QUI ENTOURENT MARIE-THÉRÈSE

Marie-Thérèse Brugeois : veuve de Pierre, mère de Jean-Mi et Martine. Ecrit des romans, notamment pour les Veillées des Chaumières. Caractère dynamique et optimiste.

Pierre Brugeois : décédé accidentellement. Fils unique.

Jean-Michel (Jean-Mi, Mangeur-de-Lune) : fils aîné de Marie-Thérèse. Rêveur, susceptible, très indépendant. Fait des études d'horticulteur.

Martine (Béni-Bouftout) : fille cadette de Marie-Thérèse. Positive, gaie, désordonnée et un peu gourmande. Apprend le métier de toiletteuse.

Antoine Volant : père de Marie-Thérèse. Dirige une imprimerie. Doux, patient, admire profondément sa femme.

Thérèse Volant : mère de Marie-Thérèse, onze ans plus jeune que son mari, le méprise un peu. Dynamique, égoïste, très jeune d'aspect et voulant le rester à tout prix.

Jacqueline Brugeois (Mamé, Madame-Trop) : belle-mère de Marie-Thérèse. Sévère, conformiste mais juste.

Béatrice Sermon (Béa) : épouse de Patrick. La meilleure amie de Marie-Thérèse. Élégante, jolie et gaie. Ne pouvant pas avoir d'enfants, le couple a adopté Emmanuel, dont Jean-Mi est parrain, et Marie-Aimée.

Patrick Sermon : mari de Béa. Ingénieur.

Paule Rouvroy : amie de Marie-Thérèse, Professeur de littérature, ne vit que pour sa profession. A écrit un livre sur les Camisards, qui a été primé. Jalouse inconsciemment Marie-Thérèse.

Galina Février (ex-Simmon) : amie de Marie-Thérèse. Ascendance russe. Timide et un peu masochiste. S'est remariée avec Gilbert, un dentiste. Sa fille, Val, se montre très dure à son égard et mène une vie très libre.

Albert Rozier : voisin des Brugeois. Elégant, portant beau, a eu une longue liaison avec une jeune fille, Alcyone.

Lucie Rozier : femme du précédent. Douce, effacée, indulgente aux frasques de son mari.

Alain Gérard : ami de Jean-Mi et Martine. Très attaché à leur mère. Ses parents ont beaucoup de fortune et ne s'entendent pas. A fait deux fugues, mène une vie oisive, vient de rompre avec Elaine Ferran, une divorcée qui avait réussi à l'installer chez elle, et (poussé par Marie-Thérèse) se décide à faire son service militaire.

Guillaume Willier (la Brebis galeuse, le Tentateur) : filleul de Madame-Trop. Cynique, mauvais sujet, a failli être arrêté chez sa marraine pour trafic de devises. A pour elle le mérite d'avoir été l'ami d'enfance de son fils.

Abbé Vaneste : voisin des Brugeois, habite «la Baraque». Professeur de latin-grec à l'Institut catholique. Santé fragile.

Carole Fournier : amie de Marie-Thérèse. A épousé en secondes noces Augustin, un libraire, qui lui a caché qu'il existait de nombreux cas de démence dans sa famille et a failli l'étrangler au cours d'une crise de folie.

Nuanh : a fui, étant enfant, l'Indochine au moment de la chute de Saïgon. A travaillé comme aide-ménagère chez les Sermon, les a quittés parce qu'elle était devenue amoureuse de Patrick et est première vendeuse dans une maroquinerie de Saint-Germain.

Josué : griffon d'écurie recueilli par les Brugeois.

Saturnin : poisson rouge gagné à une tombola par Martine.

RÉSUMÉ DES CAHIERS PRÉCÉDENTS

Veuve depuis plus de dix ans, Marie-Thérèse Brugeois vit avec ses deux enfants, Jean-Mi et Martine. Pour son plaisir mais aussi pour arrondir ses fins de mois, elle écrit des romans et collabore notamment aux Veillées des Chaumières.

Jean-Mi poursuit son stage chez un horticulteur, Frédéric Martel. A contrecœur, Evelyne de Saint-Léze et lui ont dû mettre fin à l'existence de l'association Jeunesse et Terre Nouvelles (J.T.N.), ce qui constitue une épreuve supplémentaire pour le jeune homme, déjà durement touché par la décision de Nuanh, la jeune Vietnamienne qu'il aime, de n'épouser qu'un compatriote.

Après d'agréables vacances en Périgord, Martine a commencé son apprentissage de toiletteuse à la *Bonbonnière*. Le travail lui plaît mais elle ne cache pas que le niveau moral et intellectuel de ses compagnes est plutôt bas. Marie-Thérèse, qui l'a vue sans plaisir choisir ce métier, s'inquiète de la voir vivre dans un tel milieu.

Elle regrette qu'elle n'ait pas suivi Pauline, sa meilleure amie, qui a choisi la carrière d'hôtesse.

Marie-Thérèse passe près de trois semaines en compagnie des Sermon dans leur villa d'Hossegor. Sa présence permet à

Béa et Patrick de profiter un peu de leurs vacances et elle-même prend beaucoup de plaisir à sortir avec son amie et à s'occuper des deux enfants si attachants adoptés par le couple.

Rentrée de Bretagne où l'a menée une étude sur Mme de Sévigné, Paule Rouvroy vient voir Marie-Thérèse et s'enquiert de la nouvelle historique pour laquelle elle a fourni de la documentation. Elle emporte ladite nouvelle pour la vérifier.

Jean-Mi ne s'est pas trompé, Paule souffre du «syndrome de M. Perrichon.»

Galina Février arrive à l'improviste, si bouleversée que son amie craint le pire. Pleurant d'un œil, riant de l'autre, la jeune femme avoue qu'elle attend un bébé. Gilbert, son mari, est fou de joie. Mais elle craint les réactions de Val, sa fille d'un premier mariage. Comme d'habitude, Marie-Thérèse la réconforte et lui suggère d'avertir Val par écrit, pour éviter tout affrontement.

Quelques jours plus tard, faisant des achats à Saint Germain, Marie-Thérèse rencontre Val, qui exprime sa rancœur en termes presque insultants.

La mère de Marie-Thérèse prépare son exposition de tableaux mais se plaint que le directeur de la galerie Le Grand Foc lui impose des conditions très dures. Grâce à ses amis anglais, elle exposera à Londres en janvier de l'année suivante.

Avant d'emmener sa femme dans le Vercors, où ils passeront le mois de septembre, Eric vient voir Marie Thérèse et lui demande de prier pour Viviane et pour lui-même.

Madame-Trop, la belle-mère de Marie-Thérèse, prépare son déménagement pour la résidence de personnes âgées où elle a acheté un studio. Sa belle-fille est un peu vexée qu'elle ait vendu sa maison et réglé toutes ses affaires sans en parler à personne.

Trente-troisième Cahier

CHAPITRE PREMIER

Tout bien réfléchi, l'automne est ma saison préférée. Longtemps, j'ai cru que la palme revenait au printemps, à cause de ce sentiment d'éveil, de cette joie soudaine après les rigueurs de l'hiver.

Premiers bourgeons, premières fleurs, si humbles – pâquerettes, ficaires (mais la ficaire avec ses pétales dardés évoque si bien le soleil) première tiédeur et cette lumière différente sans qu'on puisse expliquer en quoi consiste la différence. Printemps rime (mal) avec élan et c'est bien ce que je ressens chaque année.

Mais l'automne me touche plus, je me sens mieux en accord avec lui, peut-être à cause de mon âge. Fruits, fleurs offerts avec une prodigalité royale, débauche de couleurs, de parfums, mais tout cela marqué d'un invisible sceau. Derrière l'éclat solaire des tournesols, la magnificence charnue des roses, les prunes à la peau craquelée ou perle une larme d'or à odeur de miel, derrière l'abeille enivrée comme derrière le papillon dansant, une ombre se profile. Demain, le tournesol laissera pendre une tête trop pesante, la rose verra brunir ses pétales, le sillon ouvert dans la peau violette des prunes deviendra pourriture, l'abeille regagnera sa ruche et le papillon trouvera la mort au terme de sa danse.

Qu'est-ce que tu dis, belle automne
Toute dorée au fond du soir ?
Je dis : «Que ton cœur ne s'étonne
De ces choses qu'il te faut voir...
L'univers, rythme monotone,
Devrait t'apprendre ton destin.
Le printemps guette sous l'automne
La nuit prépare le matin (1).

C'est sans doute à cause de cette fugacité dissimulée sous les ors et les brocarts que j'aime tant l'automne.

Plus prosaïquement, c'est une période chargée, faire les confitures, congeler fruits et légumes, j'en ai plein les bras. Le soir, inutile de compter sur Martine. Comme je l'avais prévu, l'apprentissage de toiletteuse est fatigant ; elle passe la journée debout, ce dont elle n'a pas l'habitude. Lorsqu'elle rentre, de son propre aveu, elle n'est plus bonne à rien. Quand je lui ai demandé de me consacrer une partie du lundi, son jour de repos, elle a renâclé :

— Dis donc, c'est mon seul jour de liberté. Si je dois le passer à trimer, qu'est-ce qui me restera ?

— Le dimanche. Comme moi. Crois-tu que j'aie des lutins à ma disposition pour nettoyer, cuisiner, jardiner, faire la lessive ? Le mois dernier, pendant que j'étais à Hossegor, tu as dû te rendre compte de la somme de besogne que tout cela représente.

Elle m'a avoué avoir travaillé comme un nègre pour remettre la maison en ordre avant mon retour. Néanmoins, j'ai découvert des moutons égarés sous les meubles, des traces de doigts sur une porte, une énorme brèche dans les réserves du congélateur, un de mes plus beaux torchons de cuisine criblé de trous brûlés et quelques autres détails du même genre.

(1) Lucie Delarue Mardrus.

— Et n'oublie pas qu'en plus je consacre au minimum trois heures par jour à mes romans. Parfois, je me demande comment j'arrive à entasser tant de travaux différents dans une journée qui commence à six heures du matin pour se terminer – quand tout va bien – entre dix / onze heures du soir. On me dira que c'est tôt, dix / onze heures, que bien des femmes ne vont pas se coucher avant minuit. J'ai fait de même jusqu'au coup de semonce de ma pneumonie. Le voile sur le poumon détecté par la radiographie m'a causé une telle frousse que je suis devenue raisonnable. «Vous avez besoin d'un minimum de sept heures de sommeil», a averti le médecin. Je me suis inclinée, mieux valait «perdre» une heure au lit qu'une semaine en clinique.

En face de moi, ma pouliche gardait un silence buté, la perspective de sacrifier une partie de son précieux lundi ne lui plaisant évidemment pas. Je lui ai fait remarquer que je ne lui demandais pas de m'aider cinquante-deux lundis par an. En hiver, ce serait calme.

— Et Jean-Mi, il peut pas donner un coup de main ?

— Tu sais bien que ton frère a plus de besogne qu'il ne lui en faut au potager. Il cueillera haricots et tomates, c'est déjà bien beau.

— Haricots et tomates à congeler, c'est pas énorme.

— Ce n'est pas tout, J'ai commandé cinq kilos d'aubergines, qu'il faudra éplucher et couper en rondelles. Je voudrais aussi surgeler et faire des confitures de reines-claudes.

Non sans précaution, je précise que j'aurai besoin d'elle pour aller chercher ces fruits chez un voisin de Frédéric Martel, le patron de Jean-Mi. Comme elle proteste, je réplique que Jean-Mi ne peut pas transporter trente kilos de fruits sur sa bicyclette.

— Trente kilos ! hennit ma pouliche. En plus, va falloir se farcir trente kilos à dénoyauter !

Je ne réponds plus, sachant par expérience qu'il est préférable de la laisser (selon sa propre expression) mijoter dans son jus. En effet, le lendemain, ayant réfléchi... et sans doute consulté son estomac, mon Béni-Bouftout me demande d'un ton très naturel quel soir je veux aller chercher les fruits, ajoutant qu'on pourrait faire une noyaux-party.

— Que veux-tu dire ?

— Eh bien, je bats le rappel. Pauline, Blaise, Magloire, Gelmina viendront nous aider dimanche après-midi. Pour les remercier, nous leur ferons des tartes.

— Je vois tout de suite l'intérêt de cette suggestion. J'ai toujours une réserve de pâte au congélateur ; il me suffira de la garnir de fruits.

Nous avons donc eu une noyaux-party, à laquelle Jean-Mi s'est joint. On a beaucoup ri, beaucoup bavardé mais les vingt kilos de prunes et les douze kilos de reines-claudes ont été dénoyautés en un temps record. J'ai promis un pot de confiture à chacun des participants, qui se sont régalés de tartes à la rhubarbe, aux fraises et aux myrtilles.

Toujours coiffée en chicorée frisée, Pauline arborait des jambières blanc, vert et citron avec une mini-jupe crochetée de teinte brique et un tee-shirt en soie blanche. Lorsque Jean-Mi lui a demandé ironiquement si elle voulait vraiment devenir hôtesse, elle s'est rebiffée :

— Toi aussi, tu vas me servir le couplet de l'uniforme, Ben je le porterai, là ! C'est même pour ça qu'en dehors de l'école je me défoule.

Elle a allongé les jambes d'un air provocant. On aurait dit d'énormes chenilles annelées ! Martine a lancé :

— Tu te souviens d'Alain Gérard, qui est venu quand on a fêté notre bac ? Ben, tes jambières, elles lui sont restées en travers du gosier.

Les autres, fort occupés à chasser une guêpe, ne se souciaient pas de Pauline. Sauf moi, qui l'ai vue rougir imperceptiblement.

— Oui, continue ma fille. Il a dit : «Ces jambières, c'est un vrai carnaval.»

— Si ça ne lui plaisait pas, il n'avait qu'à regarder ailleurs.

Sa voix est calme mais elle fend les prunes d'une façon saccadée. Je me demande si elle est simplement vexée ou si elle attache de l'importance à la remarque.

— Ce qu'il doit souffrir à la caserne, lui qui est si élégant et qui prend deux bains par jour. D'ici qu'on l'appelle la fille ou le petit chéri à sa maman, y a qu'un pas.

La voix de Martine chavire un peu.

Elle raille Alain, lui reproche sans pitié de vivre aux crochets de ses parents mais garde un petit faible pour lui.

— Aïe rugit Blaise. Elle m'a eu, la vache !

— Le dard, attention au dard, crie Jean-Mi !

— Viens avec moi, dis-je à mon tour.

Avant de me suivre, Blaise lance un coup d'œil féroce au petit corps jaune et noir recroquevillé à côté de son couteau :

— Elle m'a eu mais je l'ai eue aussi.

Pour l'instant, j'ai la charge de soigner les plantes vertes et d'aérer la maison de nos voisins. Lucie et Albert sont en Italie depuis dix jours ; je viens de recevoir une vue de la baie de Naples à travers les pergolas de l'hôtel Bellevue-Syrène, à Sorrente. Lucie a tracé quelques lignes farcies de points d'exclamation (pourquoi le point d'admiration n'existe-t-il pas ?) ; Albert s'est contenté de signer.

Après avoir excursionné dans la région selon le programme que la voisine est censée avoir établi mais que j'ai en réalité dressé à sa requête, ils iront se reposer à Capri.

Capri telle que je la revois, surgissant d'une brume nacrée au-dessus de la mer couleur de vin. Comme c'est loin, tout cela !

Le temps s'en va, le temps s'en va, madame,
Las ! Le temps, non, mais nous nous en allons,
Et tôt serons étendus sous la lame.

Lorsque je cite ces vers de Ronsard à Martine, elle hausse les épaules :

— Drôle de français ! Qu'est-ce que cette façon de parler : Et tôt serons étendus sous la lame ?

— Cela signifie être enterrés. Heureusement qu'on ne t'a pas posé ce genre de question au bac !

Avec un petit coup d'œil en coin, un retroussis ironique de la lèvre, ma fille réplique, retournant sciemment le fer dans la plaie :

— C'est pas utile de connaître ça pour toiletter les chiens, hein !

CHAPITRE II

C'est la dernière fois que vous déjeunerez chez moi, m'a dit ma belle mère au téléphone. J'espère que vous pourrez venir tous les trois.

Ni Jean-Mi ni Martine ne se sont fait prier lorsque je leur ai transmis le message. Ils aiment leur grand-mère, malgré sa froideur, ses principes plutôt rigides.

Ma fille elle même, pourtant peu sensible à ce genre de sentiments, déclare :

— Ça me fait tout chose de penser que c'est la dernière fois.

Elle examine d'un air presque ému la grille aveuglée par des plaques de tôle, les allées bordées de buis, la façade rébarbative. Dans quelques mois, tout cela n'existera plus.

— C'est un morceau du passé qui disparaît, soupire Jean-Mi.

— *Le temps s'en va, le temps s'en va, madame* chantonne sa sœur, dont la mélancolie s'évapore déjà.

— Tu cites Ronsard, à présent ! Toi !

Jean-Mi n'en revient pas et me prend à témoin. Je me contente de sourire. Martine laisse tomber négligemment que le fait de toiletter les chiens n'empêche pas de... et se tait car la porte s'ouvre.

En plus du rituel bouquet, nous apportons une tarte aux poires, un des desserts préférés de Madame-Trop, et une bouteille de mousseux. L'odeur du poulet rôti nous accueille. Ma fille, qui espérait que, pour ce dernier repas, nous aurions autre chose que ce sempiternel volatile, pousse un soupir résigné.

— A partir du mois prochain, c'est vous qui viendrez déjeuner le premier dimanche du mois maman.

— J'irai te chercher avec Désirée, Mamé. Oh !...

L'exclamation est provoquée par l'étrange nudité de la pièce. Le grand meuble et la commode de chêne ont disparu ; leur place s'inscrit en clair sur le papier peint.

— J'ai déjà vendu pas mal de choses.

— Vous n'avez vraiment pas besoin d'un coup de main pour vider les meubles ? dis-je.

— Ils sont déjà à moitié vides. Chaque année, je fais un tri.

— Qui va se charger de ton déménagement ? interroge mon fils.

— Un déménageur. J'ai déjà pris date.

Elle reste d'un calme ! C'est pourtant toute sa vie qu'elle va quitter. Entrée jeune mariée dans cette maison, elle y a vu mourir ses beaux-parents puis son mari. Un jour, son fils unique s'en est allé pour m'épouser, moi, l'étrangère. Durant de longues années, elle a vécu seule entre ces murs austères mais pleins de souvenirs. Et voilà qu'elle tranche tous les liens, d'un seul coup.

— Ce jour-là, je viendrai vous aider.

— Merci, Marie-Thérèse, ce ne sera pas nécessaire. Ce que j'emporte tiendra dans quelques caisses.

— Vos vêtements ?

— Deux valises suffiront. Je ne garde que le strict nécessaire.

— Comment iras-tu à Asnières ? s'inquiète Martine.

— En autobus ou en métro.

— Ecoute, si tu fais mouvement un lundi, je pourrais te conduire.

— Tu es vraiment complaisante, réplique sa grand-mère en dépliant sa serviette, mais je déménage un mercredi.

Posant sur nous son regard d'un bleu polaire, elle conclut :

— Ne vous inquiétez pas pour moi. Je suis encore capable de me débrouiller seule.

J'ai l'impression que, tout en la touchant, notre sollicitude l'agace. Je prends une roulade de jambon aux asperges et déclare en souriant :

Vous nous en donnez la preuve tous les jours. Toutefois si vous avez besoin d'un coup de main, n'hésitez pas à nous appeler.

Je sais que je puis compter sur vous. Ce que j'aimerais c'est que vous emportiez rapidement ce que vous avez choisi.

— Je m'en occupe lance ma pouliche. Ça t'arrange si on vient le soir, vers huit heures ?

— Cela peut aller.

Le poulet fait son apparition et ma fille lui lance un coup d'œil meurtrier, ce qui ne l'empêche pas d'y faire honneur. Nous buvons le mousseux avec la tarte. Jean-Mi souhaite à sa grand-mère une vie paisible dans sa nouvelle demeure.

Le vin fait briller les yeux de Madame-Trop et colore légèrement ses joues. Même si elle n'en dit rien, je suis sûre qu'elle apprécie notre geste.

Après le repas, Jean-Mi et sa sœur s'esquivent pour une dernière exploration du grenier tandis que je fais des vœux pour qu'ils ne découvrent pas quelque tentante vieillerie. Les deux malles de vêtements suffisent à mon bonheur !

— Vous ais-je dit que j'avais écrit à Guillaume pour lui donner mon changement d'adresse ?

— Non, mais je m'en doute.

Je ne la blâme pas de garder le contact avec cet homme, qui lui en a pourtant fait voir de toutes les couleurs. Elle espère le ramener dans le droit chemin. Si je suis moins optimiste qu'elle, je sais que son filleul a de l'affection et du respect pour elle. Etant donné le personnage, ce n'est pas rien.

— J'ai reçu sa réponse hier. Il trouve que j'ai tort. Que j'aurais mieux fait de rester ici.

Elle énonce cela avec son calme habituel. Evidemment, je réagis :

— C'est la meilleure ! De quoi se mêle-t-il ? Est-ce lui qui... Oh ! Je comprends ! Il est furieux parce qu'il perd un refuge !

Les lèvres déjà minces de mon interlocutrice rétrécissent encore puis se détendent dans un demi-sourire :

— Vous êtes arrivée à la même conclusion que moi.

— Dame ! Le connaissant... Est-ce indiscret de vous demander s'il est vraiment très mécontent ?

— Il l'est. Il a dû sauter sur sa plume dès réception de ma lettre. A elle seule, son écriture trahit ses sentiments.

— Alors c'est qu'il a – ou avait – l'intention de revenir en Europe. Et de s'installer ici, chez vous, bien entendu.

Au-dessus de nos têtes, on entend des rires, des roulements de pieds. Pour quelques instants, Martine et Jean-Mi retrouvent leur enfance dans ce grenier où ils ont tant joué.

Les traits de Madame-Trop reflètent la surprise. Elle murmure :

— Je n'avais pas songé à cela. A en juger par ses réactions, vous devez avoir raison, il avait un projet.

— L'auriez-vous reçu ?

Lors de sa dernière visite, mêlée à une affaire de trafic de devises, il a évité de justesse la police, qui a fouillé toute la maison.

Jamais je n'ai vu ma belle-mère aussi bouleversée que ce jour-là. Bouleversée au point d'accourir chez nous, à Saint-Germain, pour nous raconter les faits.

— Je pense que oui. En posant mes conditions, évidemment.

— Comme si Guillaume en aurait tenu compte !

Ma physionomie doit refléter quelque ironie et pas mal de

scepticisme car ma compagne reprend d'un ton plus vif :

— J'aurais pris un risque, je le sais. Mais cela en valait la peine. Où ira-t-il, à présent ?

Les derniers mots s'accompagnent d'un soupir, d'un froncement de sourcils préoccupés. Je m'en veux un peu d'avoir attiré son attention sur les calculs de la Brebis galeuse.

La question ne se posera sans doute pas. Puisque Guillaume a choisi de vivre au Canada, il y restera.

Le retour des enfants arrête l'entretien. Jean-Mi serre sur sa poitrine trois livres à la reliure fanée. Martine brandit un geai empaillé.

— Je peux, dis, Mamé ? Je le mettrai dans ma chambre.

— Dans moins de huit jours, tu ne sauras même plus qu'il existe, raille son frère.

— Je partage entièrement cet avis. La chambre de ma fille est un véritable capharnaüm, où le geai aura vite disparu. A moins qu'elle ne le fixe au mur.

Madame-Trop donne son accord et, comme nous nous préparons à partir, rappelle de nouveau la nécessité d'enlever malles et horloge.

— T'en fais pas, Mamé. Un soir de cette semaine, je m'amène avec une camionnette. Croix de bois, croix de fer, Juré, craché.

Ma belle mère fronce les sourcils et je presse le départ. Pour la dernière fois, Désirée franchit la grille et je ne puis m'empêcher de jeter un regard en arrière.

Jusqu'au premier feu rouge, nous restons silencieux. Là Martine résume la situation à sa manière :

— Tu sais ce que je pense ? C'est que Mamé, eh bien, elle est vraiment cornélienne.

CHAPITRE III

C'est un garçon long et maigre, ami de Blaise, qui transporte malles et horloge dans une camionnette. Je déchiffre non sans surprise les mots *Plomberie-Sanitaire* sur les parois du véhicule

— Le père de Thierry est plombier, explique Martine. Par ici, les garçons... Jean-Mi, viens nous donner un coup de pogne.

— Un quoi ? fait son frère en fronçant les sourcils.

— T'as pigé, fais pas semblant.

Ils s'y mettent à trois pour hisser l'énorme malle au couvercle bombé. Je suis à distance, craignant à tout instant de voir malle et garçons dégringoler pêle-mêle. En redescendant, ma fille me glisse :

— Ils ont dîné mais ils cracheront pas sur un morceau de tarte, tu sais.

Pendant que je prépare tarte et boissons, la seconde malle est hissée à son tour. Ensuite, l'horloge est déposée dans le vestibule, à l'endroit choisi après maintes palabres.

— Voilà la clé, me dit Thierry en extirpant de la poche de son jean un objet qui fait bien dix centimètres de long. J'ai jamais rien vu de pareil. Se retournant, il examine la haute gaine de bois, le balancier terni, le cadran aux aiguilles ouvragées.

— Vous croyez que ça remarchera ?

— Si ça ne marche pas, je connais quelqu'un, lance Martine.

Un éclat de rire général accueille cette phrase. Nullement troublée, la petite riposte :

— Rigolez, rigolez. N'empêche que, sans moi, vous auriez pu transporter tout ça sur votre dos.

Dès que je dispose d'un moment de liberté, je cire l'horloge. Elle absorbe la cire comme un sol assoiffé d'eau de la première averse. Peu à peu, le bois reprend de l'éclat, devient lustré comme le pelage d'un animal bien nourri. Nettoyé, le balancier ressemble de nouveau à un petit soleil. La guirlande de fleurs du cadran a retrouvé ses fraîches et naïves couleurs

— Maintenant, il faut lui redonner son âme, dit Jean-Mi en s'emparant de la clé.

Il grimpe sur une chaise, met les aiguilles à l'heure, introduit la clé dans le petit orifice qui lui est destiné, la tourne avec précaution, lance doucement le balancier. Soudain, dans le silence, on perçoit un premier tic-tac. Mon fils continue à remonter le mécanisme et le tic-tac se poursuit régulier, comme les battements d'un cœur rythmé par le balancier d'or.

Sautant en bas de la chaise, le garçon recule d'un pas. Nous échangeons un coup d'œil, aussi ravis l'un que l'autre. La maison, notre maison a trouvé une voix. Voix grave, paisible, rythmant le temps qui passe et affirmant : «Je suis là. Je veille.»

— Comment peut-on vendre sa maison ! J'y pense depuis des semaines, déclare mon Mangeur-de-Lune en se dirigeant vers l'entrée.

— Ta grand-mère a agi sagement. Elle ne pouvait pas continuer indéfiniment à vivre seule ; mieux valait s'en aller en bonne santé, faire son choix en toute liberté.

— Elle aurait pu trouver une autre solution. S'entendre avec une amie, par exemple.

— Elle est bien trop indépendante.

— Dis plutôt qu'elle n'est pas commode, corrige-t-il en ouvrant la porte et en s'appuyant au montant.

Dans le jardin, la tiédeur lutte contre des courants plus frais. Autour d'un lac d'azur, les nuages s'entassent, ourlés d'or et d'argent glacés de rose. A l'ouest... *Le soir frileux accourt, dans ses voiles de veuve... (1).*

— Je me demande si elle a vraiment souffert de vendre.

— Sûrement, dis-je. C'est sans doute en partie pour cela qu'elle a agi seule. Si elle nous en avait parlé, elle aurait dû écouter nos arguments, défendre son opinion. En nous mettant devant le fait accompli, elle s'interdisait toute hésitation.

Derrière nous, l'horloge ponctue mes paroles de son murmure cadencé. Jean-Mi se retourne, m'enveloppe d'un regard profond :

— C'est curieux, tu comprends tout.

Je sais, sans qu'il ait besoin de le préciser, qu'il ne fait pas seulement allusion au débat intérieur de sa grand-mère mais aussi à sa déception, à lui. Il n'est pas guéri de son amour pour Nuanh, j'en acquiers la certitude devant son expression, cette façon de me dire : tu comprends tout.

Il s'est de nouveau retourné et je ne vois plus que son dos bien droit, sa nuque sur laquelle les cheveux forment une ligne nette. Devant lui, les têtes des hortensias bougent dans le vent du soir.

Un moment, j'ai cru que son voyage sur le canal du Midi et sa semaine chez les Petits Frères des Pauvres lui avaient permis de guérir. Je sais pourtant bien qu'il n'est pas de ceux qui jouent avec l'amour.

Que dire ?... «Tu oublieras ; le temps t'y aidera» ? Cela lui paraîtrait mesquin et peut-être blasphématoire.

Mieux vaut lui offrir mon silence, ce silence au cœur duquel nous nous comprenons si bien.

---

(1) Ed. Haraucourt.

Mais comme je voudrais le prendre dans mes bras, mon petit garçon qui souffre.

Le devine-t-il ? Il s'écarte de la porte, hume l'air.

— Il fait vraiment frais. Nous voilà en automne.

Josué vient s'asseoir à ses côtés, le museau tourné vers la grille, la truffe parcourue de frémissements d'impatience. Il reconnaît de loin le moteur de Désirée, qu'il déteste car elle lui enlève Martine. Un jour, je l'ai surpris tentant de mordre les pneus.

— Encore un an et j'aurai terminé mon stage chez Martel.

— Déjà ! Que feras-tu ?

— Mon service militaire.

Il n'a pas hésité, ce qui indique qu'il a mûrement réfléchi à la question. Pourtant en tant qu'écologiste il devrait rejeter tout ce qui, de près ou de loin se rapporte à la guerre.

— J'aurais cru que tu opterais plutôt pour le service civil, un stage dans un pays en développement.

Le chien se dresse, remue frénétiquement son tronçon de queue et se précipite dans l'allée.

— C'est ce que j'avais d'abord envisagé. Par la suite, j'ai pensé à... aux boat-people, à ces Soviétiques enfermés dans des asiles psychiatriques ou envoyés au goulag pour avoir osé prononcer le mot Liberté.

Désirée apparaît, lentement car sa conductrice sait que Josué est capable de se jeter sous les roues. Mon fils poursuit d'un ton plus rapide :

— S'asseoir par terre en chantant des slogans ne suffit pas. Face à des monstres, il faut des armes, ne serait-ce que pour leur prouver que l'Europe ne se laissera pas réduire en esclavage.

La porte du garage claque. La voix, le rire de Martine s'élèvent dans le crépuscule. Jean-Mi se retourne vers moi :

— Puisque la protection des faibles et la défense de la liberté nous obligent à avoir une armée, je ferai ma part. Même si je suis contre les missiles en général.

— Je te félicite, mon grand.

Oui, je le félicite. Et je n'aurai pas la cruauté de souligner qu'en fait son opinion a changé à cause de Nuanh. Car c'est à elle qu'il a pensé d'abord ; c'est elle qu'il a failli nommer avant les boat-people. Parce qu'elle a tout perdu, famille, patrie, joie de vivre, souvenirs, à cause de la guerre et qu'elle lui en a parlé un peu plus librement qu'aux autres, il a compris qu'il faut se défendre et que ce n'est pas en laissant sa maison ouverte à tous vents qu'on la protège des voleurs.

— Salut ! lance ma pouliche en retirant son cardigan. C'est moi que tu attends, vieux frère ?

Elle lui donne une bourrade en passant, m'adresse un sourire (il y a longtemps qu'elle ne m'embrasse plus matin et soir), s'arrête net, l'oreille tendue.

— Elle marche ? Oh ! Chouette !

Pendant un instant, elle écoute le tic-tac, observe le disque doré qui va et vient imperturbablement.

— Tu as dit que c'était le cœur de la maison qui battait, hein ?

— Je l'ai dit, reconnaît le garçon, déjà sur la défensive.

— Eh bien, tu avais raison, Mangeur-de-Lune. Et ça fait drôlement plaisir à entendre. Pas, Jo ?

Le chien répond par un grognement. Ce meuble bizarre, qui émet un bruit régulier, ne lui dit rien qui vaille. Et il observe avec méfiance la face ronde qui passe et repasse devant le hublot de verre,

— Ce qu'il est malin, tout de même, s'attendrit sa maîtresse. Y en a pas deux comme lui.

— Heureusement, conclut Jean-Mi, ironique.

CHAPITRE IV

Pour la troisième fois, je m'inspecte de la tête aux pieds dans le grand miroir de ma chambre. Il faut que je sois impeccable pour assister au vernissage de l'exposition de Thérèse Volant à la galerie Le Grand Foc.

Maman, qui veille à tout, a passé ma garde-robe en revue et conclu que je n'avais rien à me mettre.

En conséquence, elle m'a prêté un de ses tailleurs Chanel, brun-beige pointillé d'orange, et un chemisier orange. Comme nous sommes de la même taille, je n'ai pas eu de retouches à faire.

Avec ces vêtements, il y avait un chapeau, un drôle de petit machin pointu qui... Non, franchement, c'était impossible ! Les chapeaux ne me vont pas et ce n'est pas parce que la mode y revient que je vais me rendre ridicule.

Ce matin, j'ai donc été chez le coiffeur, ce qui ne m'arrive pas trois fois dans l'année. Ensuite, j'ai porté – moralement s'entend – ma tête dans mes mains, comme saint Denis mais pour d'autres raisons !

Sac, gants, chaussures, vernis à ongles et rouge à lèvres soigneusement assortis à ma tenue, j'attends, avec envie que ce soit déjà fini. Enfin je reconnais l'avertisseur de la voiture de papa, descends en courant, ferme les portes, écarte Josué que mon élégance n'intimide pas.

— Que tu es belle, mon chéri ! C'est gentil de t'habiller de neuf pour la circonstance.

Pauvre papa ! Heureusement que maman n'est pas avec nous car elle ne le raterait pas : «ce tailleur, tu l'as vu vingt fois sur moi, Antoine. Tu es vraiment très observateur.»

— Toi, tu es superbe, dis-je en admirant le costume bleu et la cravate piquée d'une perle fine.

— Achetée dans Saville Row (1) fait-il en se rengorgeant.

Nous roulons vers Paris dans une lumière d'arrière-saison toute poudrée d'or. Papa conduit assez nerveusement ; il sait ce que cette exposition représente pour maman et, tout en ne doutant pas du succès, il se sent un peu anxieux..., comme moi.

Après avoir garé la voiture au parking Saint-Honoré, nous gagnons à pied la rue de l'Echelle. Mon compagnon ralentit, regarde autour de lui et paraît déçu.

— Que cherches-tu ?

— Rien. Enfin... Je pensais voir des photographes et peut-être la télévision.

— Les photographes seront à l'intérieur.

Nous jetons un coup d'œil sur l'unique et droite vitrine. L'affiche représente un des meilleurs tableaux, une mosaïque de bleus, allant du bleu turquoise au bleu nuit. Le trait de génie est d'avoir placé dans le coin supérieur gauche quelques éclats d'un blanc provocant. Cela s'appelle Abstraction numéro 15, toute l'exposition étant basée sur ce thème. «Ça ne veut strictement rien dire, m'a expliqué maman. Il fallait trouver une définition pour ce que je

---

(1) Rue de Londres célèbre pour ses magasins, et notamment ses tailleurs pour hommes.

fais. Je ne voulais pas du terme mosaïque puisque je travaille dans le non figuratif. Noblet a proposé Abstractions, j'ai donné mon accord.»

L'original de l'affiche est placé dans la vitrine tapissée de cuir beige, près d'une corbeille de chrysanthèmes jaunes. Papa constate avec fierté que cela a vraiment de l'allure et pénètre dans la galerie d'un pas conquérant.

C'est la cohue. Maman connaît beaucoup de monde et a lancé des invitations nombreuses mais judicieusement choisies. Eric Noblet le directeur du Grand Foc, a convoqué la presse, les critiques d'art et ce qu'on appelle les amateurs éclairés. J'aperçois un photographe, un seul, coincé entre le mur et le buffet. Non loin de ce dernier, maman, en robe de jersey lie-de-vin, et un monsieur doté d'un collier de barbe et de deux yeux perçants.

— Les voilà ! Eric Noblet, mon mari, ma fille Marie Thérèse Brugeois, l'écrivain.

Le dernier mot s'accompagne d'un sourire coloré d'ironie. Ecrivain mais seulement de romans qui se veulent réconfortants et de romans sentimentaux. Néanmoins depuis que ma mère connaît les tirages de Barbara Cartland, elle a – comme dirait Martine – partiellement révisé son opinion à la hausse.

Le directeur de la galerie me baise la main et fait signe à un serveur. Je prends une coupe de champagne, la lève :

— A ton succès.

— As tu vendu quelque chose ? s'enquiert papa.

— Pas au vernissage, voyons, rétorque maman avec une pointe d'agacement.

Eric Noblet a un imperceptible sourire devant la naïveté de ce monsieur aux cheveux blancs. Du coup, il me devient antipathique.

Parfums de femmes mêlés aux parfums des fleurs. Odeurs de tabac, d'alcool, de nourriture. L'air est bleu de fumée, le jacassement assourdissant. J'erre, une coupe à la main, me raccrochant à papa, qui joue vaillamment son rôle de mari de l'artiste. Je voudrais m'en aller.

Infatigable, maman va de l'un à l'autre, donne une précision. Bref, elle vend sa marchandise. A peine ai-je pensé cela que j'en ai honte. Faut-il que j'en aie assez pour me montrer aussi moche !

Une femme élégante, portant des renards malgré la chaleur s'approche, carnet et stylo à la main.

— Madame, quelques précisions, s'il vous plaît.

— Bien volontiers. Vous représentez un journal ?

— Une revue, *Brico-Home*. Vous connaissez ?

Aïe ! Si papa a obtenu l'impression de cet important mensuel, c'est grâce à l'intervention d'Arnaud Brouage. Je ne reviendrai plus sur cette histoire d'Arnaud, de sa mère et de Sébastienne, mais il va de soi que lui et *Brico-Home* par ricochet représentent pour ma mère la Trahison avec un T majuscule.

— J'aimerais savoir comment vous vous y prenez pour colorer les coquilles d'œufs, reprend la journaliste, insensible au refroidissement de l'atmosphère. Vous utilisez des teintures chimiques ?

A la façon dont son interlocutrice se redresse, je devine que le débat est tranché. Si *Brico-Home* publie un article sur la créatrice d'Abstractions, Arnaud Brouage le lira. Quelle revanche pour celle qu'il appelait «Amie» !

— Aucune teinture chimique. Uniquement des produits naturels.

Maman se retourne, désigne Abstraction numéro 3, une série de spirales aux tons dégradés :

— Pour ces bruns, par exemple, j'ai utilisé de la chicorée plus ou moins diluée dans l'eau selon la nuance désirée. Sauf pour ce brun rougeâtre, là, au cœur de la spirale centrale. Lui, je l'ai obtenu avec une décoction de pelures d'oignons.

— C'est aussi simple que ça ! s'étonne la journaliste.

— Simple ! s'exclame mon interlocutrice en la foudroyant du

regard. Vous ne vous rendez pas compte du nombre d'essais, de tâtonnements, d'échecs avant d'obtenir la teinte voulue. Cela prend parfois des heures.

Elle se ressaisit, reprend son ton aimable :

— Le bleu ciel est obtenu à partir de chou rouge émincé, d'eau et de vinaigre.

— Et ce beau rouge vif ?

— Des betteraves rouges émincées.

— Combien d'œufs vous faut-il pour un tableau de dimension moyenne ?

Je m'attends à une hésitation, une réponse vague, oubliant que maman ne laisse jamais rien au hasard.

— Une bonne centaine. Famille et amis collectionnent les coquilles pour moi.

Non loin de là, Eric Noblet esquisse un sourire approbateur. Un jeune homme blond, bouclé comme un chérubin, vêtu de bleu myosotis, une gourmette au poignet, des bagues aux doigts, écarte la journaliste de *Brico-Home* sans cérémonie :

— Chère grande artiste ! Quel succès et combien mérité ! Ces concordances polychromes sont tellement émouvantes. Je suis tout ému ! Oui, oui.

Ahurie, je me tourne vers le directeur du Grand Foc. Une petite crispation au coin des lèvres, il murmure :

— Inutile de vous faire un dessin, je suppose ? C'est... dirons-nous l'éminence grise ?... ou l'égérie ? d'un personnage influent à la direction des Beaux-Arts. On s'adresse à lui lorsqu'on essaie de vendre une œuvre à l'Etat.

— Savez-vous, chère grande artiste, que vous n'êtes pas la seule à créer ces étonnantes petites choses ?

— Vraiment ?

— Oui, oui. Il existe près de Lille un monsieur De Palma qui compose depuis trente ans des tableaux en fragments de coquilles d'œufs. Il travaille dans le figuratif ; j'ai vu de lui un Portugais tout à fait touchant. Oui, oui.

— Eh bien, il y place pour nous deux, n'est-ce pas, fait maman-avec un gracieux sourire.

— Oui, oui, dis-je entre mes dents.

CHAPITRE V

Allez jouer dehors, dit Béa à Emmanuel et Marie-Aimée qui tournent autour de nous depuis mon arrivée.

Ils obéissent à contrecœur. Lorsqu'ils ont franchi la porte-fenêtre, mon amie murmure avec conviction :

— Des moustiques, de vrais moustiques !

— Laisse. Leur fraîcheur me nettoie l'âme.

Cette réplique me vaut un coup d'œil stupéfait. Béa n'en revient pas de m'entendre tenir pareils propos.

— Je ne suis pas encore remise du vernissage de l'exposition de maman.

— J'y suis allée. Tu n'y étais plus.

— Après une demi-heure, j'en avais assez. Papa devait me ramener mais il tenait bon, lui. Il ne voyait pas ce qu'il y avait de pénible dans le spectacle de ma mère, souriant, faisant l'aimable avec des gens qui... des gens que...

— *Querida* !

Rageusement, j'écrase la larme qui s'échappe de mes yeux. Consternée, Béa me prend la main :

— Que s'est-il donc passé ?

Je lui parle de la journaliste de *Brico-Home*, de l'éphèbe blond que j'ai baptisé Oui-oui, d'Eric Noblet que mon dégoût a amusé et qui m'a dit d'un air protecteur : «Chère madame, si on veut réussir, il faut savoir avaler quelques couleuvres.»

— Des couleuvres, j'en avale parfois aussi pour vendre ma prose. Mais il y a des limites. Que je ne dépasserai jamais.

J'assène un coup de poing sur l'accoudoir du canapé, respire un bon coup et reprends d'une voix triste :

– Ce qui me choque, vois-tu, c'est de voir ma mère se plier à tout ça. Si elle avait besoin, vraiment besoin de vendre ses tableaux, je comprendrais. Il y a des artistes pour lesquels il s'agit réellement d'une question de vie ou de mort. Mais elle, elle est plus qu'à l'aise, tu le sais aussi bien que moi.

— Tante Marie-Thérèse... Est-ce que tu sais que je nage pour de vrai ? 'Pas, Marie-Aimée ?

L'œil candide sous les boucles couleur de mûres, Emmanuel s'approche à pas prudents. Un peu en retrait, celle que son père nomme la Nymphe Echo confirme :

— Pour de vrai.

— Je vous ai dit de jouer au jardin, intervient leur mère.

— Il pleut.

— Oh ! souffle Marie-Aimée, épouvantée par l'énormité de ce mensonge.

Sous le regard de Béa, le bonhomme perd contenance. Mais, doué d'un formidable aplomb, il retombe tout de suite sur ses pieds :

— Si, maman, je t'assure. Il pleut du soleil.

Sur ce, il détale, entraînant sa sœur. Nous nous regardons en riant et mon amie murmure :

— Je te l'ai déjà dit, c'est un poète. Rappelle-toi le jour où il voulait immobiliser son ombre.

— Ah ! C'était de belles vacances, dis-je avec nostalgie.

— Ça me fait plaisir de t'entendre dire ça. Maintenant, en ce qui concerne ta maman...

Elle réfléchit un instant, l'index au creux de la joue, ses beaux yeux verts à moitié clos :

— En admettant que tu écrives des romans pour ton plaisir et non pour gagner de l'argent, est-ce que tu ne serais pas déçue si on refusait de les publier ?

— Si, naturellement.

— Pour elle, c'est pareil. En dehors de toute considération pécuniaire, l'artiste veut faire connaître son œuvre.

Ce raisonnement m'apaise. Pourtant, je continue à avoir mal, chaque fois que j'évoque maman souriant à Oui-oui, à la journaliste de la revue détestée, à d'autres encore ; annonçant à voix très haute qu'elle exposera à Londres en janvier, prenant à témoin le directeur du Grand-Foc, qui, de son côté, faisait de son mieux pour la mettre en valeur. Et papa, heureux et fier, me glissant à l'oreille : «C'est un triomphe, mon chéri», sans se rendre compte du côté douteux de tout cela.

— Tu exagères, proteste Béa, qui m'a écoutée avec patience. Au fait, ton père était là lorsque je suis arrivée. Comment es-tu donc rentrée ?

— Je lui ai glissé que j'avais une migraine atroce et ai filé à l'anglaise. Métro, R.E.R., j'avais les pieds en compote !

— Pauvre Marie-Thérèse !

Je capte des étincelles de malice au coin de sa paupière. Elle a l'habitude des mondanités, elle. Tandis que moi, au fond de ma tanière, je m'encroûte.

— Parlons d'autre chose. Raconte moi la fin de votre séjour à Hossegor.

— Les enfants t'ont réclamée pendant plusieurs jours. Tu nous as manqué, tu sais.

L'entrée de Maria del Pilar et du goûter l'interrompt. Lorsque nous sommes servies, elle reprend :

— Patrick s'est amusé comme un fou avec sa planche à voile. Au point de chercher un plan d'eau pas trop loin d'ici pour les derniers beaux jours.

— Emmanuel nage-t-il vraiment ?

— Une brasse impeccable. Quant à Marie-Aimée, grâce à ta patience, elle a consenti à patauger, à condition que la flaque ne soit ni grande ni surtout profonde. Trois centimètres d'eau, c'était le maximum. Allons, reprends un gâteau. Et parle-moi de tes enfants.

C'est là un sujet sur lequel je serais facilement intarissable si je ne me surveillais pas. Je raconte que Jean-Mi a décidé de faire son service militaire. Que Martine semble toujours satisfaite à la *Bonbonnière*.

— Et toi, *querida*, tu t'y habitues ?

— J'essaie. J'ai compris que, si je me montrais trop réticente, elle ne me confierait plus ses petites histoires. Tu sais, elle travaille dans un milieu tout à fait amoral.

— Elle est capable de s'en rendre compte, non ?

— Oui, mais...

— Tu n'as pas confiance en elle ?

— Si, mais...

Je ne puis m'empêcher de rire de ce curieux dialogue. Béa fait chorus et conclut :

— Tu as confiance *mais* tu as peur. Tu as tort. Tu verras que Martine tiendra le coup.

En rentrant, je trouve une carte du Vercors dans la boîte aux lettres, *Amical souvenir. Eric. Viviane*. Debout au milieu de l'allée, sans me soucier de Josué, qui aboie autour de moi pour me dire qu'il a trouvé le temps long, je scrute ces quatre mots comme s'ils avaient un sens caché.

Viviane semble accepter ce séjour, qu'elle a d'ailleurs choisi. Eric aurait tout de même pu ajouter un «Tout va bien», lui qui craignait des réactions négatives. Cela signifie-t-il que tout va mal ?

Certes, il y avait un risque à retourner dans un endroit où ils ont séjourné au début de leur mariage. Souvenirs, comparaisons, tout cela prend facilement un goût d'amertume.

— Me voilà bien avancée, dis-je au chien.

— Ouah !

J'essaie d'apprendre à vivre à la mort que je porte en moi.

Cette émouvante phrase de Jean Cocteau s'applique bien à Viviane mais je n'ai jamais osé la citer à son mari. Pourtant, la décision de la jeune femme de faire partie de *Vivre comme avant* est la preuve qu'elle accepte enfin l'invisible compagne, que l'ablation d'un sein n'a peut-être pas suffi à désarmer.

A moins que le couple n'écourte ses vacances, je devrai attendre octobre pour savoir si tout s'est bien passé.

Estimant que je le néglige, Josué continue à tourner autour de moi. Après lui avoir tapoté la tête – sa bonne bouille, comme dit ma pouliche – je rentre et pose la carte du Vercors à côté de celle reçue ce matin des Rozier (les Faraglioni majestueusement dressés sur une mer de saphir et d'émeraude), échange ma robe contre un pantalon et un chemisier et gagne la cuisine.

Nourrir chaque jour trois adultes, ce n'est rien. Mais varier les menus, c'est autre chose, surtout lorsqu'on est freiné par le coût des denrées. Si je sers deux fois le même plat dans la même semaine, je puis être certaine que Jean-Mi ou Martine soupirera : «Encore !» Mon fils y a même été l'autre jour d'un : «Fais preuve d'imagination, voyons !» qui m'a piquée. Je possède différents jeux de fiches, roses pour les entrées, vertes pour les légumes, blanches pour les potages, etc., qu'il me suffit de consulter. Mais le poulet, même accommodé de dix façons différentes, reste toujours du poulet.

Pourtant, ils n'ont jamais été gâtés, nos enfants. Ils ont toujours mangé le gras de la viande, la croûte un peu brûlée du pain. Elevé à la dure, Pierre y veillait encore plus que moi. Mais je crois qu'insidieusement nous sommes contaminés par cette passion du bien-manger qui possède notre époque. Dans les revues les plus sérieuses, on trouve la rubrique «A table». Les guides gastronomiques, les livres de recettes ne se comptent plus, les restaurants poussent comme champignons après la pluie. Quant aux étalages des épiceries fines et des traiteurs, ils regorgent de mets rares, fruits exotiques, boissons coûteuses. Et j'éprouve une honte un peu pharisienne à m'y attarder.

CHAPITRE VI

Assis en face de moi, papa déguste son jus de pomme. Il s'est annoncé par téléphone, comme d'habitude, ce qui m'a permis d'étoffer le déjeuner.

— Le jardin est splendide. Comme je regrette de ne plus pouvoir vous aider !

— Tu nous manques mais nous nous débrouillons.

Naguère, il venait chaque samedi tailler, bêcher, sarcler, bref faire le plus gros de la besogne. Comme il s'occupe également de son propre jardin, c'est devenu lourd pour lui. Il a commencé par ne plus venir que tous les quinze jours et enfin, à contrecœur, il a dû renoncer.

— J'ai remplacé deux parterres par des groupes de plantes vivaces, soupire-t-il. Cela me demande moins de travail.

— Qu'as tu planté ? Des lupins ?

— Lupins, astilbes, grandes marguerites, asters et chrysanthèmes.

Nous nous installons devant les foies de morue sur toast et je lui demande comment va la nouvelle rotative.

— Nous terminons les essais. A part quelques problèmes mineurs, cela semble aller.

Il paraît presque le regretter. Il est un peu pessimiste, mon père, et a toujours tendance à croire que les choses tourneront mal.

— Pour l'acheter, j'ai dû emprunter aux banques : Je suis endetté jusqu'au cou.

— Tous ceux qui doivent faire un gros investissement passent par là.

— Oui, mon chéri, mais ils n'ont pas mon âge.

Je comprends tardivement son inquiétude. Que deviendrait l'imprimerie s'il tombait gravement malade ? Pourrait-il compter sur maman ?

— Tu as raison mais tu es en bonne santé et, sauf imprévu, capable de continuer pendant des années.

— Sauf imprévu, répète-t-il lugubrement.

— L'imprévu se produit à tout âge, tu le sais bien.

Je pense à Pierre, mort à trente-quatre ans ; au premier mari de Carole Fournier, qui en avait moins encore lorsqu'il a été emporté par un cancer.

— Enfin, nous verrons, murmure mon compagnon, qui pense aussi à son gendre. Nous allons commencer les premiers textes de Brico-Home. Si tout va bien, d'ici un an je pourrai commencer à rembourser les emprunts.

— Tout ira bien, tu verras.

— Toi, tu es comme Chantecler, soupire-t-il avec un mélange d'agacement et d'admiration.

— Oui, papa. *Je chante clair afin qu'il fasse clair.*

Nous entamons le pain de veau et la salade. Je m'étonne que mon compagnon ne fasse aucune allusion à l'exposition. Il ne devrait parler que de ça, lui qui est si fier du succès de maman. A la place, il me questionne sur les enfants puis sur ma belle-mère, dont la décision l'emplit d'admiration.

— Quelle femme lucide et courageuse ! Tu me donneras son

adresse ; j'irai la saluer lorsqu'elle sera installée.

— Ça lui fera plaisir. Elle t'estime beaucoup.

En effet, Madame-Trop et lui s'entendent fort bien. Par contre, entre elle et maman, les rapport sont de stricte politesse, ce qui n'a rien de surprenant car je n'ai jamais vu deux personnes aussi dissemblables.

Nous voilà au dessert et toujours pas un mot sur le Grand-Foc. Papa serait-il froissé que je n'en aie pas parlé la première ? Ce n'est pas son genre. Normalement, il ne m'aurait d'ailleurs pas laissé le temps d'en parler.

— Pourquoi ne me dis tu rien de l'exposition ?

— Parce que ça ne va pas, soupire-t-il.

Devant ma mine incrédule, il part d'un rire amer.

— Je suis certain qu'il y a une cabale là-dessous. Sans doute montée par des confrères jaloux de son talent.

— Explique-toi.

Il n'y a rien à expliquer. La vente ne marche pas, voilà tout.

— Et la presse ?

— La presse n'a pas suivi.

Papa enfonce sa cuillère dans la glace à la fraise comme s'il pourfendait un invisible adversaire.

— Ce type, Noblet, prétend que le jour du vernissage il a noté l'indifférence des critiques présents.

— Après tout, ils doivent être blasés, les critiques. Tous les jours, des artistes exposent. L'un travaille à partir de bouts de ficelle, un autre projette des giclures de couleur sur ses toiles, un autre y colle des débris d'étiquettes. Il faut surprendre, épater à tout prix. Et l'art, là-dedans ?

— Oui, je sais, dit papa. Ta maman paie pour tous les malins, les faux artistes. Et puis, à franchement parler, je ne crois pas que ce Noblet soit à la hauteur. Elle aurait dû exposer dans une galerie plus importante.

Maman m'a laissé entendre à demi-mot que les importantes

galeries n'avaient pas voulu d'elle. Seulement, c'est une chose que papa n'admettra jamais.

— L'exposition n'est pas finie. Les ventes peuvent augmenter.

— C'est ce que dit ta maman.

Lui n'y compte guère. Et je le crois plus atteint par cet échec que l'intéressée elle même.

Après la visite de leur grand-père, Jean-Mi et Martine ont décidé d'aller ensemble au Grand-Foc. Leur petite expédition a failli ne pas avoir lieu, mon fils refusant de monter dans Désirée. Non par manque de confiance mais à cause des problèmes de stationnement. A contrecœur, Martine a fini par s'incliner.

J'attends leur retour avec impatience. Je compte surtout sur l'avis de mon fils, ma pouliche étant beaucoup moins réfléchie, moins attentive aux détails.

Le temps, très beau ce matin, se détériore rapidement. Une bourrasque secoue les arbres ; il pleut des marrons, des coques vertes, des feuilles mortes dorées.

Voici venu le froid radieux de septembre,
Le vent voudrait entrer et jouer dans les chambres,
Mais la maison a l'air sévère ce matin,
Et le laisse dehors qui sanglote au jardin (1).

Ses sanglots s'accompagnent d'une pluie fine, intermittente. Un fragile réseau d'argent voile le jardin au moment où les enfants apparaissent. Ils remontent l'allée en courant, s'ébrouent sur le seuil.

— Ouh, la, la, ça mouille, gémit Martine. Si on avait pris Désirée...

— Tu n'es pas en sucre, j'espère ?

(1) A. de Noailles.

Se tournant vers moi, son frère ajoute :

— Il ne fait pas chaud. Le vent est pointu.

Nous allumons une petite flambée et je sers le thé.

A peine assise, Martine s'écrie :

— Bon-papa n'a pas exagéré. C'est un flop !

Je me tourne vers Jean-Mi, qui boit son thé à petites gorgées. Quelques gouttes d'eau scintillent sur ses sourcils, l'une d'elles coule sur sa tempe et il s'essuie d'un revers de main.

— Ce n'est pas la grande foule, admet-il. Des curieux entraient, jetaient un coup d'œil.

— Ça fait un drôle d'effet de penser que c'est Thérèse qui a fabriqué tous ces trucs.

Le garçon écarte la remarque d'un geste et reprend :

— Le directeur n'était pas là. Seulement un type aux dents de lapin assis derrière une table couverte de catalogues.

— Minable, le catalogue.

— Là, tu exagères, dis-je. Il est simple mais pas minable.

— Tout a fait d'accord, appuie mon fils. Je serais resté plus longtemps mais Martine s'ennuyait.

— Tu peux dire se rasait, va ! Les tableaux, on les a vite vus. Et comme il n'y a pas un chat, on peut pas se distraire en écoutant ce que les gens racontent.

D'un signe de tête, Jean-Mi confirme ce bref discours.

Je suis atterrée, non seulement parce que maman a travaillé dur mais encore parce que sa déception va se traduire par des accès d'aigreur et d'ironie dont papa sera la première victime.

— Elle est pas encore finie, cette expo, souligne ma pouliche, sensible à mon désarroi. Jusqu'à la fin du mois, y a encore de l'espoir. Mais on peut pas dire que ce soit un *hit* (1).

Après une pause méditative, consacrée à tourner une de ses mèches sur son index, elle ajoute :

---

(1) Un succès.

— Faudrait des sponsors.

— *Des !* Un suffirait. Et tu pourrais dire mécène.

— Bof ! La question est de savoir comment elle va le prendre, ce bide, Thérèse.

— Bah ! riposte son frère, mi-railleur mi-admiratif. Elle trouvera le moyen de retomber sur ses pieds, sois tranquille.

CHAPITRE VII

Je relis soigneusement la nouvelle dactylographiée la semaine dernière. J'essaie toujours de ménager un délai entre frappe et correction, afin d'oublier un peu ce texte, que je connais trop bien.

J'ai écrit une petite chose sentimentale et drôle, qui m'a agréablement changée de l'aridité et des difficultés rencontrées pendant la rédaction du roman historique.

Paule l'a emporté, enchantée que je lui demande de le lire et de me signaler les erreurs probables. Elle ne m'a pas encore donné signe de vie, ce qui ne me surprend pas. De toute façon, je n'ai pas perdu mon temps puisque Mme Perrichon s'est amadouée.

Je m'étire, redresse mon dos fatigué.

Avant la nuit je cueillerai une brassée de fleurs et garnirai les vases de Lucie qui rentre demain, d'Italie.

J'ai mis beurre, œufs, jambon, lait et une tarte aux pommes dans le réfrigérateur.

Chargé de veiller sur le jardin, Jean-Mi a passé la revue et constaté qu'Albert avait encore pas mal de pain sur la planche avant que ledit jardin, négligé pendant les années-Alcyone, retrouve un peu de sa splendeur passée.

J'ai mis des roses dans le séjour, un mélange de dahlias, glaïeuls et petits hélianthes dans la potiche du corridor et arrosé une dernière fois les plantes vertes de Lucie.

— Qu'est-ce qu'on trouve comme cadeaux, à Capri ? interroge ma pouliche, qui comble un petit creux à l'aide d'une banane.

— Des bijoux de corail.

— Ça t'irait, fait-elle avec un coup d'œil à mes cheveux bruns. Tu me dis le menu ?

— Crème de légumes, poisson au curry et poires en chemise.

— Miam !

Pendant qu'elle mord à belles dents dans la banane, j'interroge à mon tour :

— Rien de neuf ?

— On a eu «Rêveuse de la Vignette». Vivi pour les intimes.

Les noms abracadabrants donnés à ces pauvres chiens l'amusent autant que moi. Elle m'a appris que, chaque année, une lettre de l'alphabet était choisie par laquelle devait obligatoirement commencer le nom de chaque chiot né cette année-là. Chiot à pedigree, bien sûr.

— De quelle race, cette Vivi ?

— Cocker. Elle fête ses trois berges ce soir, entre amis. Avec un gâteau orné de trois bougies.

Un œil sur la sauce au curry, je proteste :

— Tu vas un peu fort !

— Non, je ne vais pas un peu fort. Sa maîtresse nous l'a dit, avec des petites mines... A gifler ! Pauvre bête !

La peau de banane atterrit, flac ! à côté de la poubelle.

En soupirant, ma pouliche la ramasse et revient se percher sur le coin de la table.

— Plus je vais, plus j'aime les chiens et moins j'estime leurs maîtresses.

— Tu ne crois pas que ces femmes sont plutôt à plaindre ?

— Quelques-unes, peut-être. Pas la maîtresse de Vivi. Elle a dans les trente ans, un gentil mari, du fric en pagaille.

— C'est la façade que tu me décris là. Sais-tu ce qui se cache derrière ?

— En attendant, il a fallu toiletter Vivi. Epiler les pattes à la main. Désépaissir les oreilles et les épiler avec des ciseaux à crans.

— Est-ce toi qui...

— Penses-tu ! Il faut compter un an d'apprentissage avant de pouvoir toiletter les chiens les plus courants. C'est Garance qui l'a toilettée. Et je me suis fait sonner les cloches parce que je lui ai passé le rasoir au lieu des ciseaux.

— Quelle différence ?

— Paraît qu'on ne peut jamais effiler un cocker au rasoir ; ça le fait friser.

Une rafale de pluie cingle les vitres. Josué aboie devant la porte et Martine s'empresse :

— Viens vite, trésor. Essuie tes pattes... Là !

Elle se retourne et, brusquement, part d'un fou rire :

— Dis, maman, tu imagines sa bouille, à Jo, si on lui offrait un gâteau d'anniversaire avec une dizaine de bougies !

Lucie est bronzée, pimpante dans un twin-set écru décoré de fines rayures orange et vert, sûrement acheté là-bas.

— Oui, c'est un cadeau d'Albert, confirme-t-elle.

— Elle s'assied, joint les mains, lève vers le plafond un regard extasié :

— Ah ! Marie-Thérèse, quelles splendeurs ! Quels paysages ! Positano, Amalfi, Ravello, Paestum... Ah ! Paestum ! Nous y sommes allés deux fois.

— Je souris de son enthousiasme tout en le comprenant parfaitement.

Et une petite nostalgie me vient à la pensée que je ne reverrai jamais ces merveilles.

Longtemps, longtemps que mon cœur
soit rempli de tels souvenirs !
Comme le vase dans lequel, jadis,
furent distillées des roses.
Brisez ce vase,
réduisez-le en éclats si vous voulez ;
Longtemps encore persistera
le parfum des roses (1).

C'est pourtant sans amertume et même avec un grand plaisir que j'écoute ma voisine détailler leur voyage. Avec elle, je revois tous ces sites, ces musées, ces villes mortes (Pompéi, Herculanum), cette mer presque violette, ces fabuleux couchers de soleil.

A bout de souffle, Lucie me remet un ravissant coffret de nacre et marqueterie. A Sorrente, j'ai vu les artisans fabriquer non seulement ces coffrets mais des petites tables et même des meubles importants, d'un travail exquis.

— Voyez ce qu'Albert m'a offert, dit ma voisine, coupant court à mes remerciements.

J'admire le ravissant bracelet de corail rose pâle, délicatement travaillé, et demande s'il vient de Torre del Greco.

— En effet.

Elle fait tourner le bijou autour de son bras ; une ombre glisse sur son visage :

— Tout était merveilleux, mais...

— Il y a eu un pépin ?

— Pas exactement, mais j'ai été contente de quitter Capri. Figurez-vous qu'il y avait au même hôtel que nous une Finlandaise.

(1) Thomas Moore.

Une fille splendide, de vingt-deux ou vingt-trois ans, qui attendait son ami.

— Et en l'attendant ?

— J'ai vu Albert se mettre à faire la roue. Je crois que c'était plus fort que lui, Marie-Thérèse. De plus, il était le seul à parler un peu d'allemand et elle ne connaissait ni l'anglais, ni le français, ni l'italien.

Décidément, Albert est incorrigible.

Comme Lucie se tait un peu trop longtemps, je hasarde :

— Je suis sûre que cela n'a pas été très loin.

— Non, heureusement. Je me suis arrangée pour les accompagner partout. Un soir, mon mari m'a fait remarquer que, ne comprenant pas l'allemand, j'allais m'ennuyer. J'ai répondu : «Mais non. Cette petite Ulla est si gentille que j'ai un peu l'impression de sortir ma fille. Pas toi ?»

— Ah ! Bravo, Lucie ! Bravo !

Je ris de bon cœur.

Mon interlocutrice se rengorge légèrement et poursuit :

— Il a rougi et protesté :

« — Tu exagères !

« — Voyons, Albert, nous avons au moins le double de son âge, si pas plus. Note que ça ne m'empêchera pas de danser avec toi.

— Et... vous avez dansé ?

— Oui, déclare-t-elle d'un air résolu. Il n'a pas osé faire autrement que de m'inviter. Ulla faisait la tête mais je ne me suis pas laissé impressionner. Je l'ai traitée gentiment. Maternellement. A la fin, Albert s'est tout de même aperçu qu'elle s'arrangeait pour me laisser de côté.

D'un geste machinal, elle ouvre le coffret et les notes frêles de Santa Lucia s'égrènent une à une.

— Ulla s'est mise à bouder et il a horreur de ça. Le lendemain, il était un peu refroidi. Deux jours plus tard, son Paavo est arrivé et elle nous a laissé tomber.

— Vous vous êtes remarquablement bien défendue, Lucie.

— Oui, mais j'ai eu chaud, avoue-t-elle.

CHAPITRE VIII

La fin de ce décevant mois de septembre est lumineuse et douce. Il faut en profiter pour semer pois de senteur et centaurées barbeau, planter des bulbes de narcisses, diviser la pivoine, supprimer les fleurs fanées des annuelles afin de prolonger leur floraison. Au potager, Jean-Mi sème de la laitue sous châssis et, en pleine terre, de la mâche, de l'oseille, des navets hâtifs et du persil.

Dès qu'il a terminé de son côté, il vient m'aider. Il ne se plaint jamais, pourtant tout cela représente beaucoup de travail après sa journée chez Frédéric Martel où, en plus de la responsabilité d'une serre, il participe aux autres travaux horticoles. Il ne se plaint pas parce qu'il aime son métier. Il suffit de voir la façon dont il prend une bouture entre ses doigts, les soins dont il entoure le repiquage du plus modeste légume pour comprendre qu'il accomplit un acte d'amour.

Dieu tout-Puissant planta d'abord un jardin.
Et, vraiment,
c'est le plus pur des plaisirs humains.

— Oui, dit Martine, qui est présente lorsque je cite ce texte de Francis Bacon. Mais c'est un plaisir qui se gagne à coups d'ampoules et de tours de reins.

— Si on l'avait sans peine, ce ne serait pas un plaisir, rétorque son frère.

— Non... Quand on m'offre un cadeau, je l'ai sans peine mais je suis rudement contente.

— Je veux dire que le fait d'avoir peiné accroît la satisfaction d'obtenir un résultat, précise mon fils après un moment de réflexion.

— C'est spécieux, ton raisonnement.

D'un geste, le garçon signifie qu'il abandonne la discussion et se tourne vers moi :

— Demain soir, je ramènerai peut-être une camarade du cours de judo pour dîner.

— Tu fais bien de m'avertir car j'ai prévu des tomates farcies.

— Chic ! ronronne le Béni-Boufout.

— Comptes-en deux de plus, conseille Jean-Mi en se dirigeant vers la porte. Lauriane n'a pas un gros appétit.

— Lauriane ! relance Martine dès qu'il est sorti. Ça vient de laurier-sauce, tu crois ?

Les tomates évidées, salées et retournées sur un plat dégorgent leur jus. J'achève de façonner des boulettes de viande. Josué suit mes mouvements avec des yeux luisants de convoitise.

Au moment où je lui octroie une petite boulette, une ombre passe devant la fenêtre. Lucie a enfin renoncé à sonner cérémonieusement à la porte d'entrée.

— Entrez, Lucie. Je ne puis pas ouvrir moi-même.

— Je venais vous dire que ce n'est pas un restaurant.

Mon air perplexe lui arrache un petit geste agacé :

— Voyons, Marie-Thérèse, il s'agit de la maison d'en face.

En vente depuis plus d'un an, elle ne trouvait pas acquéreur. Un jour, j'ai eu la malencontreuse idée de déclarer que j'espérais bien qu'on n'en ferait pas un restaurant. Depuis, Lucie, qui tient encore plus que moi au calme, est sur des charbons ardents. Peu avant son départ pour l'Italie, l'affiche a disparu et ma voisine s'est juré de connaître l'acheteur.

— Il s'agit d'un couple, avec un ou deux enfants. Nos jardins étant très touffus, surtout en bordure de l'avenue, il n'est pas étonnant que nous n'ayons aperçu personne. D'autant plus que ni Lucie ni moi même ne sommes du genre à guetter les allées et venues.

— Je me demande comment vous avez découvert cela.

— Vous ne devineriez jamais. J'avais d'abord chargé Albert de mener une petite enquête. Comme il travaille dans l'immobilier, je pensais que ce serait facile. Il n'est arrivé à rien, poursuit-elle avec une moue qui en dit long sur les talents d'enquêteur de son époux. Alors, quand le plombier est venu réparer la douche, je l'ai questionné. Il n'a fait aucune difficulté pour me dire que les nouveaux propriétaires lui avaient demandé un devis.

— Vous êtes un vrai Sherlock Holmes !

Le jour du cours de judo, nous dînons un peu plus tard. Martine, qui m'a avertie en rentrant qu'elle était de mauvais poil, ronchonne :

— J'ai faim. C'est contraignant, ce truc.

— Mange une pomme.

Elle secoue la tête. Les choses n'ont pas dû tourner rond à la *Bonbonnière*, aujourd'hui. Elle rôde dans le séjour, tapote les parois de l'aquarium de Saturnin, ennuie le chien qui voudrait dormir. Et m'ennuie, moi, qui essaie de lire une revue. Finalement, je risque :

— Ça n'a pas marché, aujourd'hui ?

— Si, ça a marché. Pourquoi ça n'aurait pas marché ?

— Parce que tu es de mauvais poil.

Elle me décoche une œillade furibonde, s'affale sur le canapé, baille :

— J'ai la dent.

J'essaie de me concentrer sur ma lecture. Ce n'est pas commode quand on sent des ondes impatientes autour de soi. Après un bref, trop bref silence, la voix de ma pouliche s'élève de nouveau :

— On n'a eu que des clientes empoisonnantes. Et radines en plus. Les autres étaient pas joyeuses, je te jure. En prime, Mme Dora m'est tombée sur le dos parce que j'avais mal rangé une pince à épiler.

Je retiens un sourire devant ce délicieux euphémisme. Mal rangé, pour cette sans-soin, cela signifie égaré. Ma foi, c'est bien fait pour elle.

— Tu l'as retrouvée ?

— Bien sûr, fait-elle un peu trop vite. Est-ce qu'il s'amène, le frère, oui ou non ?

Elle se lève, s'approche de la fenêtre, jette un cri :

— Le vlà ! Et... Oh ! Dis, c'est une pollueuse !

— Qui ça ?

— Ben, la fille, Lauriane.

Je me lève à mon tour et aperçois un scooter à côté de la bicyclette de mon fils. Quant à la pollueuse, un casque dissimule ses traits.

J'allume le four et m'assure que le potage est chaud. Lorsque je regagne le séjour, mon fils me présente une mince jeune fille blonde aux étranges yeux verts :

— Maman voici Lauriane Letellier.

Au premier abord, elle paraît timide et plutôt sympathique. Mais je me méfie des premières impressions.

Pressée de combler le vide de son estomac, Martine va chercher le potage. Sa faim dévorante ne l'empêche pas d'observer l'inconnue et d'interroger :

— Tu bosses ou tu études ?

— J'étudie.

Elle garde ses paupières baissées et on l'entend à peine. Ma pouliche fronce les sourcils et je devine sa pensée : «Va falloir lui arracher les mots !»

— Tu étudies quoi ?

— Le... la restauration.

— Oh ! Veine ! Tu entends, m'man ? Dis, tu nous refileras des recettes ?

La jeune fille pose sa cuiller en rougissant et nous fixe, ma fille et moi, d'un air affolé. Jean-Mi intervient :

— Lauriane veut parler de la restauration d'œuvres d'art.

Je ne puis m'empêcher de rire de la méprise. Pauvre Béni-Bouftout !

— Encore un peu de potage, Lauriane ?

Elle hésite, si visiblement tentée que, sans attendre, je remplis son assiette.

— Donne m'en aussi, dit mon fils avec tact.

Martine apporte les tomates farcies, je me charge des pommes de terre et de la sauce. La jeune fille murmure :

— Comme ça sent bon !

— A quoi vous destinez-vous exactement ? Restauration de meubles ? De tableaux ?

— De tableaux, madame. Je suis en deuxième année.

— Y en a combien ? questionne ma fille.

— Quatre.

— Mange, intervient Jean-Mi. Tu n'as pris qu'une seule tomate, ce n'est pas assez.

Sa camarade rougit de nouveau. Connaît-elle des fins de mois difficiles ? La sollicitude de mon fils semble l'indiquer. Pourtant, son pantalon et son chemisier sortent certainement d'une boutique élégante. Il est vrai que bien des jeunes consacrent trop d'argent à leurs vêtements et pas assez à se nourrir.

Poursuivant ses questions sans perdre un seul coup de dent, ma pouliche demande encore :

— Où tu crèches ?
— Ici, à Saint-Germain, chez ma mère.
— Tu veux son curriculum vitae ? interroge son frère d'un ton froid.

Martine va se rebiffer, tandis que Lauriane baisse le nez sur son assiette. J'interviens diplomatiquement :
— Il reste deux tomates. Allons-nous les tirer au sort ?

CHAPITRE IX

Nous en avons momentanément terminé avec les surgélations et ma fille, qui est gentiment venue me demander si elle pouvait m'aider, est ravie d'apprendre qu'elle peut disposer de toute sa journée.

— Alors...

— Son œil bleu erre sur les meubles, le flamboyant bouquet de dahlias, l'aquarium, le chien...

— Alors, je vais toiletter Josué.

Entendant son nom, l'animal relève la tête. Moi aussi, non sans réprimer un mouvement d'inquiétude. Jusqu'à présent, à l'exception d'une expérience plus ou moins réussie par Jean-Mi et moi-même, le toilettage a été fait par des professionnels.

— Tu m'as dit qu'il fallait un an d'apprentissage.

— Pas pour Jo, coupe-t-elle avec assurance. Tu comprends, si ça n'est pas tout à fait régulier, ça ne fait rien.

Levée d'un bond, elle empoigne sa victime ;

— D'abord le bain, Viens, on monte et...

— Ah ! Non ! Ça, non !

A mon tour, je me lève, tandis que la petite me fixe, bouche bée :

— Qu'est-ce qui te prend ? Faut bien le shampouiner, non ?

— Pas dans la salle de bains.

Lorsqu'elle prend un bain (heureusement, elle préfère la douche), je dois me fâcher pour qu'elle nettoie et range. «On croirait qu'Attila et ses hordes viennent de passer !» raille son frère. Que sera-ce si elle baigne le chien !

— Va au jardin.

— Tu débloques ou quoi ? Josué prendra froid. Et puis, comment je ferais pour l'eau chaude ?

— Avec ce beau soleil, Josué ne risque rien. Quant à l'eau, tu m'as expliqué qu'elle devait être tiède. Tu n'as qu'à te servir de la cuisine.

— C'est pas possible ! Non, c'est pas possible !

Elle commence à m'agacer aussi est-ce d'un ton très net que je lui déclare que je ne veux pas que la salle de bains soit saccagée.

— Saccagée ! Toujours tes grands mots ! Saccagée !

Elle sort en claquant la porte. J'attends cinq minutes avant d'aller jeter un coup d'œil. Personne dans la cuisine. Sur la pelouse, la grande et antique bassine en zinc et le serpent du tuyau d'arrosage. Ensuite, pendant une dizaine de minutes, c'est tout un va-et-vient, qui se termine par l'apparition de Martine en maillot de bain. Josué, qui n'est pas bête, a disparu depuis longtemps.

Bonne âme, j'emplis deux seaux d'eau tiède et les pose sur le seuil. Ma pouliche appelle à tous les échos :

— Josué... Jo... Jooo... Ah ! C'est malin de rigoler !

Ces derniers mots s'adressent évidemment à moi. Le spectacle de cette fille en maillot, courant en tous sens, fouillant massifs et buissons, est pourtant d'un comique irrésistible.

— Martine..., appelle l'abbé Vaneste.

En même temps, il pousse le fugitif à travers la brèche de la haie.

— Ah ! Merci ! clame la petite. Viens ici, toi.

— Que vas-tu faire ?

— Le toiletter. Et si ça ne vous fait rien, j'aime autant que vous n'assistiez pas, C'est déjà bien assez de ma mère, ajoute-t-elle d'un ton de rancune.

Josué entame un solo aussi aigu qu'inutile. Sa maîtresse lui fourre des tampons de coton dans les oreilles, l'empoigne à bras-le-corps et, non sans peine, le met dans la bassine. Une fois dans l'eau, il se résigne. Ma fille le savonne, en commençant par les membres postérieurs pour finir par la tête. Ensuite, elle me demande deux nouveaux seaux d'eau et procède au rinçage à l'aide de l'arrosoir.

Josué s'ébroue, s'éclabousse et, finalement, se laisse emmailloter dans un vieux drap de bain. Martine transpire, ce qui doit la rassurer sur la tiédeur de l'air. Une fois sèche, sa victime tente de s'échapper mais elle la retient.

— Minute ! Le poil, ça va. Montre tes ongles...

J'ai l'impression qu'elle n'a plus tellement envie de continuer. Les préparatifs, la recherche du fuyard, le bain lui-même, elle en a assez. Assise dans l'herbe, tenant le chien par une patte, elle tente d'ouvrir la trousse posée près d'elle. Josué se raidit et tire de toutes ses forces pour se libérer.

— Bouge pas... Mais bouge donc pas ! Maman... Ouvre ma trousse. Donne-moi la pince... Non, pas celle-là... Ouille ! Josué lui a échappé et file ventre à terre. Martine roule sur elle-même, se met debout, me voit pleurer de rire et soupire :

— Zut ! La prochaine fois, je le toiletterai à la *Bonbonnière.*

A la Saint-Loup *(25 septembre)*
La lampe au cou

Oui, les jours raccourcissent. Matin et soir, il faut allumer les lampes et le retour à l'heure d'hiver n'y change pas grand-chose. Jean-Mi a travaillé toute la matinée de ce samedi dans le potager écologique. A midi, il rentre affamé et annonce qu'il a terminé les semis.

— J'espère que, cet après-midi, tu vas te détendre un peu.

Je le trouve beaucoup trop solitaire. Parfois, trop rarement, il se joint à Martine et sa bande. Sa déception sentimentale a encore aggravé cette tendance à la sauvagerie.

En se resservant largement de poulet, il me répond qu'il ira peut-être à la piscine, après avoir tondu la pelouse.

— Cette jeune fille, qui est venue l'autre soir...

— Lauriane ?

— Oui. Tu l'as rencontrée au cours de judo ?

— Ça t'étonne ?

— Un peu. Elle est si mince, presque frêle.

— Il ne faut pas peser cent kilos pour devenir judoka. Au contraire. C'est la souplesse qui compte. Lauriane est une pauvre gosse. Parents divorcés ; mère biologiste, très brillante et ne pensant qu'à ses recherches. Lauriane ne la voit presque pas.

— Et elle se nourrit mal ? Je pensais qu'elle avait peu d'argent.

— Oh ! Si, elle en a ! Argent de poche, crédit chez le coiffeur, chez le disquaire. Mais pas de crédit-tendresse.

— Pauvre petite ! Ses études lui plaisent, au moins ?

— Elle a fait un an de médecine parce que sa mère l'y poussait. Trois dissections, trois syncopes.

Echec aux examens. Pour la première fois, elle s'est rebiffée, a refusé de continuer et, par réaction, je crois, a décidé de devenir esthéticienne.

J'écoute en silence. Je ne suis pas tellement surprise que Lauriane se soit confiée à mon fils ; ce silencieux inspire confiance.

— Elle aurait pu continuer car elle réussissait bien. Seulement, elle trouvait cela très superficiel. Elle était complètement désemparée lorsqu'elle a vu à la télévision une émission sur la restauration des tableaux.

Il se tait, le temps de déguster le flan au caramel. Entre nous, rutile un bouquet de dahlias pompons frais cueillis du jardin.

Curieuse d'en savoir plus sur cette jeune fille, je l'interroge :

— Elle a eu le coup de foudre ?

— Ses expériences précédentes l'avaient bien trop échaudée. Elle s'est documentée, a lu des livres et – sa mère servant pour une fois à quelque chose ! – a même pu, grâce à ses relations, visiter l'atelier de restauration du musée du Louvre.

Il repose son assiette avec un soupir satisfait et frotte un menton impeccablement rasé.

— Elle doit se sentir en confiance pour te raconter tout cela.

— C'est venu par bribes. Elle est très timide. J'ai dû batailler trois semaines avant qu'elle consente à venir ici.

La cruelle expérience vécue avec Nuanh lui a, je crois, appris la prudence.

Cependant, je sens quand même le besoin de le mettre en garde :

— Ramène-la quand tu veux. Mais fais bien attention. Il ne faudrait pas que cette enfant prenne ta sollicitude pour... pour ce qu'elle n'est pas.

Il a froncé les sourcils dès le début de mon petit discours. Un silence tombe ; je n'ose rien ajouter de crainte de le braquer.

— Sois tranquille, dit-il enfin. Je la considère comme une camarade, rien de plus.

— Très bien. Mais... le sait-elle ?

— Oui, figure-toi. J'ai mis les points sur les i avant de l'inviter ici. Me prends-tu pour un gamin ? achève-t-il, d'un air fâché.

— Non, Jean-Mi, pas du tout. Mais l'homme le plus expérimenté et le mieux intentionné peut parfois commettre une erreur, tu sais.

CHAPITRE X

Septembre aux grands soirs équivoques
Glisse partout des feuilles d'or (1).

C'est beau, c'est poétique, les feuilles d'or. Jusqu'au moment où il faut les ramasser ! Alors, la poésie disparaît au profit des ampoules et tours de reins.

Dans le quartier que Galina habite depuis son mariage avec Gilbert Février, ce sont des jardiniers qui balaient les feuilles mortes. L'un d'eux s'arrête pour regarder mon bouquet, dahlias multicolores, solidagos, phlox blancs, nuage de gypsophile, et je me sens toute fière.

C'est la première fois que je revois mon amie depuis qu'elle est venue m'annoncer qu'elle allait être mère. Elle voyait surtout les côtés négatifs de cette naissance, son âge et les réactions de Val.

Au premier coup d'œil, je constate sa bonne mine, son sourire épanoui. Je m'informe de sa santé et elle me répond fièrement qu'elle ne s'est jamais si bien portée.

---

(1) A. de Noailles.

— A peine quelques nausées. Alors que, pour Val, cela a duré trois mois.

— Ce sera sans doute un garçon.

— Vous croyez ? C'est ce que Gilbert souhaite.

— Et vous ?

Je la vois hésiter et je sais pourquoi. Elle pense à Val, qui lui a empoisonné et lui empoisonne toujours l'existence, et se dit sans doute qu'un garçon sera peut-être différent.

— Moi aussi, finit-elle par répondre.

Lorsqu'elle m'a invitée, je me suis demandé si j'allais lui dire que sa chère fille m'avait pratiquement insultée en pleine rue. Ne tenant pas à lui faire de la peine, j'ai décidé d'attendre et de voir venir.

Je connais assez ma Galina pour savoir que, si Val a réagi à la lettre par laquelle elle lui annonçait la nouvelle, elle m'en informera.

Elle me montre la brassière qu'elle tricote et me raconte que son mari est aux petits soins pour elle, au point de vouloir engager une femme de ménage. La façon dont elle pose sans arrêt la main sur ses flancs m'attendrit. Puis cet attendrissement se colore d'inquiétude ; Galina n'est plus toute jeune et je l'ai toujours connue fragile. Pourvu que tout se passe bien !

— Vous voyez régulièrement un gynécologue ?

— Une fois par mois. Si j'écoutais Gilbert, j'irais toutes les semaines.

Elle disparaît dans la cuisine, revient avec le samovar et les gâteaux.

Curieux qu'elle ne dise rien de Val. Faut-il que je pose la question ? Ma perplexité crée un petit silence. Les doux yeux gris de mon hôtesse se posent sur moi, se détournent.

— Comme vous me l'avez conseillé, Marie-Thérèse, j'ai écrit à Val.

— Et ?...

— Elle n'a pas répondu, Alors, je... j'ai téléphoné.

— Vous avez eu tort. Val ne souhaitait certainement pas être relancée.

— Oh ! S'il vous plaît, Marie-Thérèse, soupire-t-elle en baissant le nez, Je... Gilbert me l'a dit aussi.

Mais, quand il s'agit de sa fille, elle n'en fait qu'à sa tête. Et je me demande bien pourquoi elle réclame mes conseils !

— Elle s'est montrée... Elle m'a dit qu'elle s'en fichait. Que je pouvais fabriquer dix... dix «lardons» si ça me chantait.

Telle que je la connais, elle aura pleuré comme une fontaine au téléphone. Pour un peu, je dirais qu'elle adore être battue !

— Vous lui avez fourni l'occasion de vous dire votre fait. Et je suppose que votre mari a eu sa part.

— Oui... Oh ! S'il vous plaît, Marie-Thérèse !...

Dans son trouble, elle s'essuie les yeux avec la serviette brodée et pose son mouchoir sur le plateau.

Je devrais la plaindre mais cette façon d'aller au-devant des coups m'exaspère.

— Elle m'a dit qu'elle vous avait vue et... et qu'elle en avait profité pour vous régler votre compte.

Ce petit poison ne pouvait évidemment pas faire autrement que de se vanter de sa grossièreté pour faire de la peine à sa mère. Au moins, maintenant, je sais à quoi m'en tenir.

Comme la pauvre Galina en a bien assez avec l'orage qu'elle a suscité sans s'occuper de ses petites blessures d'amour-propre, je réponds d'un ton léger :

— Elle m'a effectivement servi quelques sottises.

— En pleine rue ! suffoque mon hôtesse.

— Devant Félix Potin, pour être précise.

Un peu tranquillisée par mon calme, Galina risque :

— Alors, elle n'a pas été trop désagréable ?

— A peine plus que d'habitude, dis-je avec un sourire rassurant.

Les tempêtes d'équinoxe ont bousculé les arbres. A présent :

... Le vent passe en boitant parmi les feuilles
Et répète des mots qui n'ont pas de sens (1).

Dans moins de trois mois, l'année sera finie. Qu'elle a donc passé vite ! Jadis, je riais des personnes âgées, qui se plaignaient de la fuite du temps, et me voilà comme elles.

Appuyée sur le râteau, j'essaie de comprendre le bavardage du vent. De l'autre côté de la pelouse, Josué flaire une piste et disparaît dans les buissons. Un merle en habit noir sautille parmi les pâquerettes.

— Hello !

Je lâche le râteau et pousse un cri. Tout confus, Eric s'excuse :

— Pardon, Marie-Thé. Je ne voulais pas t'effrayer.

— Te voilà enfin !

— Ça, c'est vraiment gentil.

Superbement bronzé, un rien plus étoffé, il me tend un énorme sac de ces délicieuses friandises appelées chardons des Alpes.

Nous rentrons, car il fait trop frais pour s'asseoir dehors, et je scrute les traits de mon camarade. A première vue, il semble détendu.

— Merci pour votre carte. Qui m'a laissée sur ma faim.

Je retrouve avec plaisir sa façon de lisser sa moustache du bout de l'index. En entendant la dernière phrase, il prend un air coupable.

— J'ai failli plusieurs fois t'écrire. Mais... j'étais d'une paresse !

— Si cela signifie que tout a bien marché pour vous deux, je te pardonne.

(1) Wallace Stevens.

— Oui, cela a marché. Beaucoup mieux que je ne le pensais. Pourtant, j'avais peur de ce retour au passé.

Après leur mariage, ils ont plusieurs fois pris leurs vacances dans le Vercors. Y retourner après tant d'années et dans de telles conditions présentait des risques.

— Bien sûr, il y a eu quelques moments difficiles. Retrouver après plus de quinze ans les fantômes de ce que l'on a été, ce n'est pas drôle.

Une seconde, sa main s'attarde sur sa bouche, comme pour dissimuler une grimace.

Dans le vieux parc solitaire et glacé
Deux spectres ont évoqué le passé... (1)

Nous restons un moment silencieux. Le vent grommelle dans la cheminée. Trois roses aux pétales couleur vanille poudrés de carmin exhalent un parfum discret. Le chien s'est couché entre nous et soupire en rêvant.

— Et pour toi, cela n'a pas été trop dur, ce retour ?

Il écarte de ses lèvres sans avoir bu le verre de whisky et me dévisage avec une expression tellement singulière que je m'inquiète :

— Qu'as tu ?

— J'ai que tu es la seule à m'avoir posé cette question. Viviane ne s'est jamais inquiétée de savoir si tous ces souvenirs – et tu sais ce que disait Dante...

— Il n'est pire douleur qu'un souvenir heureux dans les jours de malheur...

— Je savais que je pouvais compter sur ta mémoire, fait-il avec un rire sans gaieté. Donc, Viviane ne s'est jamais inquiétée de savoir si ces souvenirs me faisaient mal.

(1) Verlaine

Aïe ! C'est la première fois qu'il établit un tel parallèle. Instinctivement, je me raidis et dois faire appel à tout mon calme pour répondre d'un ton conciliant :

— Tu ne crois pas que ta femme avait assez à faire à se tenir en main et sans doute à te cacher du mieux qu'elle pouvait peine et regrets ?

— Tu as raison, reconnaît-il après un silence. Elle a été, elle reste très courageuse. Et je suis un sale égoïste.

CHAPITRE XI

Eric m'a quittée plus gai, plus détendu que je ne l'ai vu depuis longtemps. Le petit nuage suscité par sa réaction s'est tout de suite dissipé. Cependant, je me suis juré de ne plus lui donner l'occasion d'établir une comparaison entre sa femme et moi... sauf si cette comparaison se fait en faveur de Viviane.

«Soyez prudente, m'a recommandé l'abbé Vaneste lorsque je lui ai parlé pour la première fois de ce couple ami. Il ne faudrait pas que votre camarade s'accroche à vous au point que vous lui deveniez indispensable. Vous comprenez ?»

Je comprenais. A la fois ce qu'il disait et ce qu'il ne disait pas.

J'ai essayé de jouer mon rôle de confidente avec prudence et lucidité. Comprendre, encourager, plaindre modérément tout en restant à l'arrière-plan.

Au moment où je croyais avoir établi une fois pour toutes ce difficile équilibre, j'ai reçu cet avertissement.

Par acquit de conscience, j'ai téléphoné à ma belle-mère, dont le déménagement est imminent, offrant à nouveau nos services, tout en sachant qu'ils seraient refusés.

Effectivement, Madame-Trop m'a répondu que j'étais très

gentille, merci, mais qu'elle n'avait besoin de personne.

Je lui en veux confusément de refuser notre aide de façon systématique.

Pourtant, ne suis-je pas un peu pareille, moi qui, depuis la mort de Pierre, mets un point d'honneur à me débrouiller seule ?

Je rumine tout cela en triant les bouts de papier sur lesquels je jette les thèmes de romans qui me viennent à l'esprit. Parfois quelques mots, quelques lignes, parfois une demi-page. Les idées naissent à tout moment, même la nuit. Il existe des périodes d'abondance et d'autres de disette. En relisant ces notes, j'éprouve de temps en temps une petite déception. L'idée qui me semblait si brillante ne résiste pas à un examen poussé.

Pendant que j'écris, il m'arrive aussi d'avoir des doutes. Généralement, je les écarte en me redisant cette phrase de Kipling que j'aimerais graver en lettres d'or sur le mur, devant moi :

Une histoire qu'on raconte est vraie
durant tout le temps qu'on met à la raconter.

Le claquement d'une portière suivi du claquement de la grille me font lever la tête. Maman s'avance entre les hortensias presque défleuris. Tailleur vert lichen, béret de daim, comme toujours, elle a un chic fou. Malheureusement, il est gâché par le pli des lèvres, la dureté des yeux gris et l'expression peu amène de toute la physionomie.

— Une fois de plus, il ne fait pas chaud chez toi, constate-t-elle en lançant sa pochette de daim sur un fauteuil.

Sans répondre, je donne un coup de pouce au thermostat. Pourquoi cette humeur agressive ?

— Tu veux boire quelque chose ?

— Quelque chose de chaud, fait-elle en frissonnant ostensiblement. Du thé.

Je prépare le thé, choisis un joli napperon, des assiettes assorties, comme si tout cela pouvait la désarmer.

Lorsqu'elle a bu quelques gorgées, elle repose sa tête avec un soupir :

— Je suis fourbue : Depuis hier, je discute, je nage dans les calculs et les décomptes.

Devant ma mine ahurie, elle hausse les épaules et précise durement :

— Il s'agit de mon exposition, figure toi. Clôturée avant-hier.

— Les résultats sont si mauvais que ça ?

J'ai dit exactement ce qu'il fallait dire. Ma visiteuse se rebiffe :

— Pas du tout ! Mais ils auraient pu, ils auraient dû être meilleurs.

— As-tu tout vendu ?

— Ma pauvre enfant ! s'exclame ma mère avec un sourire plein de pitié pour ma naïveté.

Je me tais. A la fois mortifiée et soulagée. Ma visiteuse vide sa tasse, allume une cigarette :

— J'ai vendu dix tableaux. Ce n'est pas mal mais j'aurais vendu le double si Noblet avait fait ce qu'il fallait. Utiliser largement les médias, battre le rappel des critiques, leur envoyer notices et photos.

Sa mauvaise humeur fond peu à peu, sa bouche se décrispe, son regard s'adoucit.

— Que veux-tu ! J'ai eu la malchance de tomber sur une *petite* galerie, gérée par un épicier.

Cette formule cinglante achève de dissiper sa maussaderie.

Elle reprend d'un ton léger :

— A Londres, ça ne se passera pas comme ça. D'ailleurs, lorsque les comptes seront clôturés, il me restera quand même une petite somme.

Distraitement, elle effleure la corolle d'une rose. Dans le cendrier, sa cigarette se consume en spirales bleuâtres.

— J'ai envie de te faire un cadeau. Que dirais-tu d'un lave-vaisselle ?

Les yeux ronds, je pense qu'elle est décidément imprévisible. A mon retour d'Hossegor, j'ai dû mentionner devant elle les facilités apportées par cet appareil ménager. Elle n'a rien dit mais s'en souvient à point nommé.

— Es-tu sûre de pouvoir...

— Crois-tu que l'exposition se solde par un déficit, par hasard ? fait-elle avec une pointe de sécheresse.

— Non mais... Oh ! Ce serait formidable !

— Dans ce cas, c'est entendu. Après tout, je n'ai qu'une fille, conclut-elle en riant.

Debout, la pochette sous le bras, elle écarte mes remerciements d'un geste et, comme tous nos visiteurs, va se planter devant l'aquarium où Saturnin (le plus cabotin des cyprins, selon Jean-Mi) exécute aussitôt une cabriole.

— Papa va bien ?

Elle laisse fuser un petit rire et répond sans se retourner :

— Il est endetté jusqu'au cou.

On jurerait que ça lui fait plaisir, Et peut être est-ce exact. Elle ne supporte pas l'idée que *Brico-Home* s'imprime chez Volant grâce à Arnaud Brouage.

— Je sais, il me l'a dit. A part ça, il va bien ?

Surprise par mon calme, elle pivote sur ses hauts talons et me décoche un regard sous lequel je m'efforce de rester impassible.

— Ça va oui. Allons, je m'en vais. Dès que j'en ai fini avec Noblet, je m'occupe de ton lave-vaisselle.

Les enfants, nous allons avoir un lave-vaisselle.

— Quoi ? rugit Martine en reposant sa fourchette.

— C'est une plaisanterie ? interroge son frère, soupçonneux.

— Non, c'est un cadeau de Thérèse.

Toute contente, je raconte notre conversation et conclus :

— Avouez que c'est gentil de sa part. A mon retour d'Hossegor, j'ai chanté les louanges du lave-vaisselle. Elle n'a rien dit mais, dès qu'elle a su qu'elle tirait un bénéfice de l'exposition... Pourquoi ris-tu, Jean-Mi ?

L'expression railleuse s'accentue sur les traits de mon fils. Il liquide la dernière bouchée de quiche lorraine et réplique d'une voix protectrice :

— Excuse moi, je ris de ta naïveté.

— Ma...

— Tu prêtes à Thérèse une foule de bons sentiments alors qu'en t'achetant cet appareil elle veut simplement prouver que, malgré tout, l'exposition a été un succès et que les tableaux se sont quand même bien vendus.

Au fur et à mesure qu'il parle, la lumière se fait en moi et je me traite tout bas d'imbécile pour n'avoir pas compris plus tôt.

Mon fils débouche la bouteille de vin, nous sert et conclut d'un ton moqueur :

— Elle y mettra de sa poche s'il le faut.

Un silence tombe. Je dois faire une drôle de tête car Martine, pourtant peu observatrice, souffle tout à coup :

— Oh ! T'aurais pas dû...

Je sens leurs regards peser sur moi. Quelle part de calcul et quelle part de sincérité entrent dans le geste maternel ? A quoi bon me poser la question !

— C'est vrai, murmure mon fils, je n'aurais pas dû te dire cela.

— Avec le temps, je serais sans doute arrivée à la même conclusion.

— Quand même...

Maintenant, il s'en veut de ce mouvement d'ironie et d'impatience que les grands fils ont parfois vis-à-vis de leur mère.

Et il donnerait cher pour rattraper ses paroles.

Croyant arranger les choses, et pratique avant tout, sa sœur lance gaiement :

— Le principal, c'est que ça va être fini, la corvée vaisselle.

CHAPITRE XII

Une brume dorée voile les Champs-Elysées et les horribles tours de la Défense.

La Seine, quand on n'y regarde pas de trop près, est une coulée de jade. Les géraniums flamboient dans les parterres des Tuileries.

Il est rare que je vienne à Paris et plus rare encore que j'y flâne. Mais octobre est si beau aujourd'hui que je me donne congé.

Je marche sous les marronniers d'un roux presque uniforme en pensant à cette phrase de sir James Barrie, le père de Peter Pan : *il n'y a peut-être rien qui ait un sens aussi vif du jeu qu'une feuille morte.*

Comme elles jouent, ces feuilles ! Sauts, cabrioles, haltes essoufflées, rondes tantôt lentes, tantôt rapides (et l'on croit presque les entendre chanter *Nous n'irons plus au bois*).

L'une s'amuse à faire la toupie, l'autre se promène, quelques-unes jouent à cache-cache autour du socle des statues.

A regret, je franchis la grille et traverse la rue de Rivoli.

Un monsieur traverse dans l'autre sens ; nous nous arrêtons

au milieu du passage clouté.

— Patrick !

— Marie-Thérèse !

Après une hésitation, il fait demi-tour et m'entraîne sous les arcades en annonçant qu'il m'offre le thé chez *Smith and Son* (1).

— Je suis libre de mon temps. D'autant que j'ai conclu une belle affaire avec le client que je viens de quitter.

Nous entrons à la librairie anglaise, trouvons facilement une table libre et nous installons. Plaisir de se laisser servir, de boire un thé qu'on n'a pas préparé soi-même. Je demande des nouvelles de Béa et des enfants.

Ensuite, je questionne :

— Et vous, Patrick ? Vous êtes aussi hâlé qu'à Hossegor.

— J'ai fait de la planche à voile, dimanche. Comme il faisait beau, j'ai bruni.

— Emmanuel a-t-il encore voulu vous accompagner ?

— Ni les enfants ni Béa n'étaient avec nous. J'étais seul avec Huguette Mertens. Vous vous souvenez d'elle ?

Elle a passé quelques heures aux Hortensias et, quoique sans beauté, elle n'est pas de celles qu'on oublie. Elle s'occupe des relations publiques dans la firme où travaille Patrick.

Une profession qui aurait convenu à Martine...

— Oui, elle vous avait donné des conseils pour la planche à voile.

— Si le temps ne change pas, nous en ferons encore dimanche.

Ça lui parait tout naturel de laisser – pour une fois – femme et enfants au logis. Et sans doute l'est-ce.

N'empêche que je suis un peu surprise et que cette surprise doit se refléter sur mon visage car mon compagnon assure en riant :

(1) Librairie-salon de thé de la rue de Rivoli, succursale de nombreux magasins identiques en Angleterre.

— Béa est d'accord, vous savez. La planche ne la tente pas et garder les enfants pendant qu'Huguette et moi nous exerçons n'est pas très amusant.

— Surtout qu'Emmanuel n'est pas un enfant de tout repos.

Il s'efforce de prendre un air navré mais, en même temps, il se rengorge car il est fier de ce fils plein de vie, très intelligent et plutôt casse-cou.

Viens ! hurle Martine en me voyant. Viens voir !

— Oui, venez, appuie Magloire. Ça vaut dix.

Sa silhouette râblée s'écarte, dévoilant une inconnue en pantalon plutôt avachi. Inconnue ?... Ces yeux clairs et rieurs sont ceux de Pauline mais qu'est devenue sa toison ? Les cheveux lisses, coupés, affinent le visage trop rond et changent totalement la jeune personne, qui se tortille d'un air confus.

— C'est une métamorphose, dis-je, notant que, pour la première fois, elle a renoncé à ses inséparables et disgracieuses jambières.

— Il fallait y passer, soupire-t-elle. A l'académie des hôtesses, on ne rigole pas avec la tenue.

Apercevant l'abbé Vaneste dans le jardin de la Baraque, ma fille l'appelle, malgré les protestations de son amie, qui chuchote vainement des : «Boucle-la... Enfin, qu'est-ce que ça peut lui faire...»

Le voisin la félicite en souriant et lui demande si ses études lui plaisent.

— Pour l'instant, oui. Ça ouvre des horizons.

— Justement, nous parlions des médias, intervient Jean-Mi. Je trouve que nous sommes submergés par eux.

— Moi, dit Blaise, je pense qu'ils nous donnent accès au monde.

— Trop ! relance mon fils. On reçoit tant de messages, à la télévision, par exemple, qu'on n'a plus de repères et que tout devient relatif.

— Il est difficile de prendre du recul devant ce déferlement, approuve l'abbé.

— Alors, finalement, vous êtes contre ? questionne Magloire.

— Je pense qu'il faut essayer de faire un choix. Et garder son objectivité.

— C'est le plus difficile, murmure Pauline.

— Surtout à votre âge. Vous êtes les enfants de la télé. Elle vous éduque, vous forme et vous informe. Les sons, les images ont remplacé les livres. De ce fait, le raisonnement ne se fait plus au départ de concepts intellectuels mais de la sensibilité. Le jeune homme d'aujourd'hui réagit plus avec son cœur qu'avec sa logique.

— A force de voir des images pénibles, des visions de guerre et de famine, la sensibilité s'émousse.

— Oui, Jean-Mi. J'allais d'ailleurs préciser que le jeune d'aujourd'hui réagit avec son cœur mais soit dans l'égoïsme, soit dans l'amour.

— Les médias nous manipulent, remarque Pauline. Par exemple, la pub à la télé.

— C'est à vous de ne pas vous laisser manipuler. Qui vous empêche d'interrompre l'émission ?

J'écoute sans mot dire, cela me fait plaisir d'entendre ces jeunes discuter ainsi et demander l'avis de l'abbé.

— Ne soyez pas, ne soyez jamais passifs, continue-t-il. Souvenez-vous que Jésus a dit : «Je vomirai les tièdes.» En résumé, il faut apprendre à vivre avec les médias, en tirer le meilleur parti possible, rester objectif et se souvenir que le prochain, qui était naguère vraiment proche puisque limité à notre quartier ou notre ville, est devenu planétaire. J'ai lu récemment que l'univers est devenu un village planétaire où ne domine plus le clocher mais le radar. A condition de placer une croix sur le radar, je souscris à ce texte.

Le temps est plus doux qu'au mois de septembre, aussi la fenêtre de la cuisine est-elle ouverte. J'aperçois mon fils, occupé à retirer les bulbes de glaïeuls.

Josué l'assiste de sa présence. Soudain, il lance le jappement réservé aux habitués.

Jean-Mi se redresse :

— Tiens, c'est toi !

— Puisque la montagne ne vient pas à Mahomet, il faut bien que Mahomet aille à la montagne.

Evelyne et lui se dévisagent. Je ne puis pas voir les traits de la jeune fille ; ceux de mon fils restent hermétiques.

— Que deviens-tu ?

— Tu le vois, réplique-t-il, en désignant la plate-bande.

— Ce n'est pas nouveau. Et ça ne t'empêchait pas de venir chez nous.

Une note agressive vibre dans la jolie voix claire.

Le visage encore un peu plus fermé, Jean-Mi rétorque :

— Je te l'ai dit et répété, pour moi, J.T.N., c'est fini. Toi, tu t'obstines.

— On pourrait...

Elle s'interrompt devant son geste excédé. J'en ai pitié, tout en me disant qu'elle se montre bien maladroite.

— C'est fini, répète fermement le garçon.

— Dis plutôt que tout a changé depuis que tu t'intéresses à cette maudite Chinoise !

Je repousse la fenêtre.

Evelyne piétine rageusement dans l'allée ; mon fils s'est raidi et la foudroie du regard. Ses lèvres remuent pour quelques mots qui doivent être très secs car son interlocutrice rougit, rejette ses cheveux blonds en arrière d'un geste coléreux, tourne les talons et s'en va sans même m'apercevoir.

CHAPITRE XIII

A travers la brume automnale
Tombent les feuilles du jardin...(1)

Toute la journée a été ouatée de brume. Vers cinq heures, elle s'est dissoute et lorsque Jean-Mi est rentré, la figure rougie par le froid, il m'a soufflé le proverbe :

Octobre glacé
Voit vermine trépasser.

A son tour, Martine rentre. Quoique bien au chaud dans sa voiture, elle annonce que le croissant de lune ressemble à une faux et frissonne ostensiblement.

Comme d'habitude, nous restons un moment ensemble après le repas. Vers neuf heures, ma pouliche nous souhaite le bonsoir. Je compte les mailles de mon tricot, un pull pour Jean-Mi, qui, lui, lit une revue.

Un peu plus tard, il se lève pour aller fermer la grille, sachant que c'est l'heure de sa promenade hygiénique. Josué l'imite.

---

(1) F. Coppée.

A ce moment, la clochette de l'entrée tinte fébrilement.

Nous nous regardons, étonnés. Le chien aboie : mais sans hargne. Mon fils gagne le corridor ; je le suis. Du haut de l'escalier, Martine demande à la cantonade :

— Qui peut bien venir à cette heure ?

— Qui est là ? lance Jean-Mi d'une voix forte.

— Carole.

Il se hâte d'ouvrir. La jeune femme se glisse à l'intérieur, s'appuie contre le panneau et tourne vers nous un visage blafard :

— Augustin s'est évadé.

Nous restons muets. Sauf ma pouliche, qui, après un : «Ouille !» convaincu, nous rejoint. Nous entraînons Carole dans le séjour, la faisons asseoir. Jean-Mi verse un doigt de whisky et le lui donne.

— Merci, murmure-t-elle en réprimant un frisson. On a téléphoné de l'hôpital il y a un peu plus d'une heure. Augustin s'est enfui après avoir assommé l'infirmier qui tentait de le retenir.

Ses dents claquent sur le bord du verre. Elle avale une gorgée d'alcool, ferme une seconde les paupières et reprend d'un ton plus assuré :

— J'ai tourné en rond pendant un moment affolée, croyant entendre son pas. Puis j'ai appelé un taxi. Le plus effrayant a été de quitter l'appartement, de traverser le hall. J'ai couru, couru... D'un geste instinctif, elle porte les doigts à sa gorge. Mon fils se décide à poser la bouteille de whisky sur la table.

— Vous avez bien fait de venir. Mais avez-vous songé que, lorsque Augustin ne vous trouvera pas chez vous, c'est ici qu'il viendra en premier lieu ?

Je ne puis réprimer un geste d'effroi. Martine verdit. Carole bégaye :

— Mon Dieu ! C'est vrai que je vous mets tous en danger. Je... je vais partir.

Je crie : «Non !» Jean-Mi m'appuie et déclare qu'il faut simplement prendre nos précautions.

— Dddonne-moi un peu ddde whisky, chevrote sa sœur.

— Si je demandais aux Rozier d'accueillir Carole ? dis-je. Je la conduirais chez eux avec Josué.

— C'est moi qui la conduirai, déclare Jean-Mi. Vous deux, vous resterez sous la garde du chien. Tu téléphones ?

C'est Albert qui décroche. J'explique la situation : et, tout de suite, il acquiesce :

— Que Jean-Mi l'amène. Je viens à leur rencontre avec ma carabine à petit plomb.

Je répète ces instructions à mon aîné. Carole se lève et je vois bien qu'elle tremble à l'idée de quitter la maison.

— N'oubliez pas que je suis judoka, dit Jean-Mi. Maman, j'ai verrouillé la porte de derrière, Je lâche le chien, on y va ?

Le cœur serré par l'appréhension, j'ouvre la porte. Josué sort et file vers les buissons, comme d'habitude. Mon fils prend Carole par le bras et l'entraîne.

Je pousse le verrou et, suivie de Martine grimpe dans ma chambre. Les volets sont ouverts, la lampe du seuil éclaire l'allée où deux silhouettes se hâtent. Très vite, l'ombre les happe.

Je calcule qu'il ne faut pas plus de trois minutes pour atteindre la grille de nos voisins. Que c'est long ! Si le fou surgit, Jean-Mi sera-t-il capable de le maîtriser ? Albert osera-t-il tirer ?

Le voilà, annonce ma fille avec soulagement. Nous nous ruons en bas. Le garçon et le chien pénètrent ensemble dans le vestibule.

— J'ai laissé Carole entre les mains d'un Albert armé jusqu'aux dents. Lucie veillait au premier. Avec un chaudron d'huile bouillante, je parie...

Il plaisante pour nous rassurer. Martine jette des regards inquiets autour d'elle, comme si Augustin allait se glisser par le trou de la serrure.

Albert m'a fait remarquer qu'il serait dangereux que Carole reste ici. Il propose de la conduire à Paris demain matin.

— A Paris Carole ne connaît personne.

Mais on ne peut pas obliger Lucie à la garder toute la journée.

— Je vais demander à Béa de la recevoir. Elle n'habite pas Saint-Germain, Augustin ne la connaît pas, c'est le refuge idéal.

Nouveau coup de téléphone, nouvelles explications au terme desquelles je rappelle Albert pour lui annoncer que j'ai trouvé un abri sûr. Il déclare tout de suite qu'il conduira lui-même Carole chez les Sermon avant de se rendre à son bureau et me souhaite – non sans une pointe d'ironie – une bonne nuit.

— Puisque tout est arrangé, allons nous coucher, fait mon fils en bâillant.

Martine pose le pied sur la première marche, hésite, se retourne :

— Si, pour une fois, on laissait monter Jo ?

Elle n'essaie pas de cacher sa peur. Moi-même, malgré volets et verrous, je me sens mal à l'aise.

— Soyons logiques, dis-je. Je ne vois pas en quoi le fait de laisser monter Jo changera la situation. Au contraire, il est préférable qu'il reste ici. Je vais ouvrir la porte du vestiaire ; ainsi, s'il aboie, nous l'entendrons tout de suite.

Martine n'insiste pas. Au moment de nous séparer, mon fils souligne que tout est bien clos et que nous n'avons rien à craindre. S'il a peur, il le cache bien.

Avant de me coucher, je m'attarde à la fenêtre. Le quartier de lune est trop mince pour éclairer le jardin rempli d'ombre. Quelque chose remue près de la grille. Mon Dieu, est-ce... Non, il s'agit d'une haie d'hortensia agitée par le vent.

Une fois au lit, je me tourne et me retourne. A des moments comme celui-ci, mon imagination est une plaie. L'horloge sonne onze coups. Un meuble craque. Dormons...

Soudain, un hurlement déchire le silence :

— Au secours ! Il est là !

Des aboiements éclatent, tout proches. Affolée, voyant déjà Martine étranglée par le fou, je me jette hors du lit en essayant d'allumer ma lampe de chevet, que je renverse. Dans l'obscurité, je me cogne au montant du lit et gémis : «Espèce d'idiote !» en courant vers le couloir.

Celui-ci est éclairé. Jean-Mi est déjà devant la porte de sa sœur en compagnie du chien. Plus calme que moi, il lance :

— Il n'y a personne. Ouvre... Ouvre, sapristi !

— Ouah ! confirme Josué, rassurant.

— Ouvre, Martine, dis-je à mon tour.

Elle se décide enfin et apparaît, blême, les yeux exorbités, et se jette dans mes bras :

— Oh ! Maman, maman ! J'allais m'endormir. Tout à coup, j'ai entendu un souffle bruyant à ma porte. C'était horrible ! Horrible !

Elle claque des dents. Retrouvant peu à peu mon sang-froid, je proteste :

— Tu as dû rêver. Si Augustin avait essayé, seulement essayé d'entrer, Josué aurait donné de la voix.

— Il l'a fait.

— Oui, mais...

Frappés par la même idée, Jean-Mi et moi nous tournons vers le chien qui, discrètement, gagne l'escalier.

— Il a aboyé tout de suite après ton premier hurlement, remarque mon fils. Donc...

— Mais j'ai...

— C'est lui que tu as entendu souffler bruyamment, s'écrie son frère avec indignation. Ah ! Faut-il que vous soyez bêtes, vous, les femmes !

— Tu n'as pas de preuve, se rebiffe la petite.

— Comment Augustin serait-il arrivé devant ta chambre sans

forcer porte ou volet ? Et comment aurait-il fait sans que ce satané cabot donne l'alarme ?

Le satané cabot (faut-il que mon fils soit furieux pour employer ce terme !) est descendu sans demander son reste. Penché sur la rampe, Jean-Mi l'apostrophe :

— C'est comme ça que tu gardes la maison ? Ouste ! Dans ton panier ! Si tu as le malheur de remonter, tu auras affaire à moi.

Pour une fois, Martine ne proteste pas. La voyant toute blanche, les pupilles encore dilatées par la terreur, je propose :

— Veux-tu venir dormir avec moi ?

— Je veux bien.

— Et tâchez de ne pas vous souffler bruyamment dans la figure ! recommande Jean-Mi, à la fois taquin et protecteur.

CHAPITRE XIV

Dire que nous nous sentons frais ce matin serait exagéré. Martine a eu des cauchemars, j'ai rêvé d'un Augustin effrayant, une arme à la main. Quant à Jean-Mi, il n'a pas l'air d'avoir très bien dormi non plus.

Du seuil, j'aperçois Albert sortant de chez lui. Il inspecte les alentours avant d'amener sa voiture devant l'entrée. Une mince silhouette s'y engouffre, la portière claque, le moteur ronfle et la voiture disparaît dans l'avenue. A l'étage, une fenêtre se ferme. Pauvre Lucie, elle n'a pas dû en mener large !

— Carole est partie, dis-je en regagnant la cuisine.

— Tant mieux. Je préfère la savoir loin d'ici, dit Jean-Mi.

— Sûr, approuve sa sœur. Allez, je file. A ce soir, maman.

Avant de s'en aller à son tour, mon fils me demande si je dois sortir. Devant ma réponse négative, il recommande :

— Sois prudente.

Je ne puis m'empêcher de rire. Augustin n'est pas venu, Carole est loin. Que pourrait-il m'arriver ?

— Quand même, je préfère que tu ne sortes pas.

Après son départ, je fais le ménage. Josué, sait que, cette nuit, il a enfreint une défense, se fait tout petit. Quand je repense à la scène, je ris de nouveau.

Je commence à casser les œufs pour le soufflé au paprika de Michel Oliver lorsque la clochette de l'entrée tinte. Josué lance les aboiements qu'il réserve aux inconnus... et au facteur. Pourvu que celui-ci ne me rapporte pas un manuscrit !

Tenant le chien par le collier, j'ouvre la porte et me trouve en face d'un homme hirsute, à la figure salie de barbe, aux vêtements chiffonnés, qui me repousse sans douceur et pénètre dans la maison avant que j'aie pu réaliser ce qui m'arrive. Cette fois, miraculeusement, je garde ma présence d'esprit.

— Augustin, quelle surprise ! Vous êtes en congé de convalescence ?

— Je... oui, c'est ça. Je suis sorti hier.

— Silence, Josué. Il y a si longtemps que vous n'êtes pas venu qu'il ne vous reconnaît pas.

Le chien cesse d'aboyer mais gronde. Suffira-t-il à me protéger en cas de crise ? J'en doute.

-Carole est ici ?

— Carole ? A cette heure-ci ! A quoi pensez-vous ! Mon rire n'est pas très assuré, mais l'homme ne paraît pas s'en apercevoir. Surpris par ma réponse, il me lance un coup d'œil étonné et sournois. Je poursuis :

— Elle doit être à la banque, comme d'habitude.

— La banque...

Il entre dans le séjour, s'affale dans un fauteuil. Si je n'avais pas si peur, j'aurais pitié de sa mine épuisée.

— Vous n'y êtes pas allé ?

— Non. Je... j'ai sonné à l'appartement, hier soir. Elle n'y était pas.

Je m'assieds, le chien contre moi, face à l'intrus. Il faut que ce fou s'en aille. Non, il ne peut pas rester en liberté ; je dois trouver un moyen de le neutraliser. Fou, il ne le paraît d'ailleurs pas, tant qu'on ne remarque pas son regard, tantôt fixe, tantôt fuyant.

— Carole était peut-être chez des amis. Ou au cinéma. Y êtes-vous retourné plus tard ?

— Non. J'ai pensé qu'elle était ici, réplique-t-il d'un air dur, menaçant, qui me donne froid dans le dos.

— Elle ne loge jamais ici. Et c'est durant le week-end qu'elle vient nous voir. Un silence tombe, qui devient vite intolérable. A quoi pense-t-il ? Que va-t-il faire ? Pourvu que Lucie n'arrive pas pour conter les événements ! A cette idée, j'ai peine à refréner ma panique. Il faut absolument que je fasse quelque chose.

— Voulez-vous du café ? Du lait ?

— Du lait, oui... Où allez-vous ?

Il est debout, menaçant, la bouche tordue. Josué montre les dents.

— Qu'est-ce qui vous prend ? Je vais chauffer le lait, voilà tout.

Si mon ange gardien ne s'en est pas mêlé, je n'y comprends rien. Augustin se rassied, l'air gêné. Sans attendre, je sors, suivie du chien. Dans le corridor, je suis obligée de m'appuyer au mur avant de gagner la cuisine. Je mets le lait à chauffer, prépare le plateau. Si je pouvais... C'est risqué, mais je vais essayer.

— Reste ici, Jo. Ne fais pas de bruit.

Sur la pointe des pieds je monte, pénètre dans la salle de bains, m'empare du sédatif prescrit il y a quelques mois par le dentiste lorsqu'il m'a arraché une dent de sagesse, et le glisse dans mon corsage. Si Augustin surgit, je dirai que j'ai été fermer la porte de ma chambre.

Retenant mon souffle, je redescends. Dans la cuisine, j'examine la posologie. De un demi à un comprimé. Ne pas dépasser la dose indiquée. En prenant un demi-comprimé, j'ai dormi dix heures.

Avec un net sentiment de culpabilité, je fais dissoudre deux comprimés dans le lait chaud, sucre abondamment et ajoute un peu de rhum. Ensuite, je gagne le séjour avec mon plateau. Augustin n'a pas bougé et semble même un peu plus tassé sur lui-même. Au moment où je lui tends le bol, une pensée me glace : s'il m'obligeait à boire avant lui ?

Non, il le prend et boit à longs traits. Je l'observe comme la Brinvilliers devait observer ses victimes et ce n'est pas une sensation agréable.

— C'est bon, déclare-t-il.

— J'y ai mis une goutte de rhum.

Il achève de boire, dépose le bol, me fixe de son air sournois, méfiant :

— Carole n'est vraiment pas ici ?

— Vous exagérez, Augustin. Je vous ai dit qu'elle n'y était pas. Désirez-vous fouiller la maison ?

J'ai bien fait de le prendre de haut. Mon interlocuteur baisse le nez, agite la main en signe de dénégation et répète qu'il n'a pas trouvé sa femme à l'appartement.

— Vous auriez dû y retourner plus tard. Où avez vous passé la nuit ?

— Je voulais venir ici. J'ai marché... Longtemps.

Je l'épie sans en avoir l'air. Combien de temps faudra-t-il pour que les comprimés agissent ?

— Quand je suis arrivé à Paris, le métro ne circulait plus. J'ai demandé de l'argent ; les gens m'en ont donné un peu.

S'il était resté à Créteil, on l'aurait sans doute arrêté. Il a dû s'en douter, avec cette finesse des déséquilibrés qui les fait souvent agir plus intelligemment que des êtres normaux.

Nouveau silence. Il ne baille même pas.

Comme c'est long, mon Dieu ! Et comme je me sens seule.

— Vous pourriez me prêter de l'argent ?

Je sursaute. Il s'exprime de nouveau comme un homme normal.

— Cela dépend. Je ne garde jamais grand-chose ici.

— Cent francs ? fait-il avec une expression rusée, calculatrice.

— Je crois que ça ira, dis-je, après avoir feint de réfléchir. Les voulez-vous maintenant ?

J'espère follement qu'il va acquiescer, prendre cette somme et partir. Je sens qu'il a envie de retourner à Créteil et de rôder autour de la banque depuis que je l'ai persuadé que sa femme s'y trouve.

— Pas tout de suite. Je veux d'abord me reposer avant de m'en aller.

Ma déception est si forte que, pendant un instant, mon cerveau tourne à vide. J'ai envie de m'enfuir, d'appeler au secours. Je finis par balbutier :

— Reposez-vous. Je vais continuer mon ménage et...

— Restez ici !

La voix claque. Je me fige, le cœur battant jusque dans la gorge.

Comme il a l'air mauvais, tout à coup. Et dangereux.

— Si vous voulez. Vous permettez que je tricote ?

Comme il ne réagit pas, je prends mon ouvrage. Après tout, les aiguilles constituent une arme.

Mes mains tremblent, je lâche une maille et n'essaye même pas de la rattraper. Augustin allonge les jambes, appuie la nuque au dossier de son siège.

— Carole... C'est Carole qui m'a fait enfermer.

Sa voix vibre d'une telle haine que je frissonne.

Maîtrisant tant bien que mal mon effroi, je réplique :

— Mais vous allez bien, maintenant ?

Un sourire cruel et moqueur tord sa bouche. Il me croit dupe. Sans doute éprouve-t-il une véritable jouissance à l'idée que, grâce à l'indication que je lui ai donnée, il va retrouver sa femme. Et se venger.

— Oui, maintenant je vais très bien. Mais je suis fatigué.

Il baille. Une fois, deux fois... Mon Dieu, je vous en prie, je vous en supplie, faites-le dormir.

CHAPITRE XV

Augustin baille, affalé dans le fauteuil. Je tricote, entassant les points au hasard. D'une voix qui me paraît pâteuse – mais je prends peut-être mes désirs pour des réalités – il soupire :

— Je suis fatigué.

— Vous n'avez pas passé une nuit très confortable, n'est-ce-pas ?

— Non.

Une sonnerie éclate, stridente, imprévue. Nous sautons tous les deux sur nos pieds, aussi affolés l'un que l'autre.

— Qu'est-ce que c'est ? hurle le fou.

Du coup, je retrouve un peu de calme et me dirige vers le secrétaire en disant :

— Le téléphone. Allo ?

— C'est toi, maman ?

La gorge soudain bloquée, je suis incapable d'articuler un seul mot.

A l'autre bout du fil, j'entends Jean-Mi qui répète mon nom.

— Oui, j'écoute.

— Tu vas rire mais je ne me sentais pas tranquille.

Augustin me fixe, debout, inquiet et menaçant.

Le chien le surveille en grognant. Il faut que je fasse comprendre à mon fils qu'il se passe quelque chose. Seulement, si je parle, le dément va me sauter à la gorge.

— Tu n'as pas trouvé ce livre ? Que c'est ennuyeux !

— Qu'est-ce que tu racontes ? s'effare-t-il.

— Essaie encore. J'en ai besoin le plus tôt possible. C'est urgent. Très, très urgent.

— Mais, maman...

Le miroir me montre un visage verdâtre, des yeux fixes. Et Augustin, qui me surveille.

— Je compte sur toi. A tout à l'heure.

Le combiné glisse de ma main moite et retombe bruyamment sur son support. Je regagne mon siège en expliquant :

— C'était Jean-Mi.

— Qu'est-ce que c'est que cette histoire urgente ?

— Un livre qu'il doit me procurer. J'en ai besoin comme documentation. Vous vous souvenez que j'écris des romans, n'est-ce pas ?

Au fur et à mesure que je parle, les traits du malheureux se détendent. Il retombe assis, baille de nouveau. Je n'ose plus le regarder. Le silence retombe. Jean-Mi a-t-il compris ? Pourvu qu'il prévienne la police et non pas... Oh ! Mon Dieu, pourvu qu'il ne revienne pas ici !

Glacée par cette éventualité, je n'ai même plus la force de tenir les aiguilles. L'une d'elles glisse sur le tapis.

Timidement, je lève les yeux et mon cœur saute dans ma poitrine. La tête d'Augustin repose sur le dossier, ses paupières sont closes.

Dort-il ? Ou n'est-ce qu'une feinte pour mieux m'épier ?

J'ai repris mon tricot. Toutes les trois ou quatre mailles, je jette un coup d'œil sur Augustin. Il ne bouge pas, ses paupières restent closes, un souffle régulier s'échappe de sa bouche. Tout à coup ce souffle se mue en ronflement. Il dort !

Avec des précautions infinies, sans le quitter des yeux, je me lève, pose ma main sur la tête de Josué qui se dresse à son tour. Le cœur cognant contre mes côtes, je marche vers la porte. Les ronflements s'amplifient ; encore trois pas et les ronflements s'arrêtent. Je m'immobilise terrorisée. Que faire ? Expliquer que je vais préparer le déjeuner. Dire que j'étais presque dehors !

A mon indicible soulagement, les ronflements reprennent. J'atteins la porte, l'ouvre, la referme. Vais-je donner un tour de clé ? Non, cela ferait du bruit. Je ne suis pas encore sauvée. Le téléphone étant dans le séjour, je ne puis pas alerter la police d'ici. Pas question d'aller chez Lucie ; je ne veux pas lui faire courir de risques.

Sur la pointe des pieds, je vais prendre la clé de la Baraque. Toujours suivie d'un Josué étonnamment silencieux, j'ouvre la porte arrière, la referme. Enfin je suis dehors !

Le jardin traversé, je me jette à travers la brèche, jusqu'à la maison de l'abbé Vaneste, entre, referme la porte à clé.

Un tremblement me secoue de la tête aux pieds. Allons, ma fille, encore un peu de courage.

Je m'assieds, compose le numéro de téléphone de la police, expose le cas sans trop bafouiller.

— Où êtes-vous ? questionne mon interlocuteur.

— Chez un voisin.

— Ce dément est donc seul chez vous ?

— Oui.

— Ne bougez pas. Nous arrivons avec une ambulance.

Je repose le combiné et me tourne vers la fenêtre, d'où je puis voir un bout de trottoir et notre grille. Josué jappe comme pour me signifier : «Tu t'en est bien tirée jusqu'à présent. Courage. C'est presque fini.» Presque, oui. Si Augustin ne s'éveille pas. Et surtout si Jean-Mi n'arrive pas avant la police.

Que fait-elle donc, la police ? Il y a au moins un quart d'heure que j'ai téléphoné !

Un coup d'œil à ma montre m'apprend que cinq minutes à peine se sont écoulées depuis mon appel. Cinq éternités !

Au moment où, un peu tardivement, l'idée me vient d'appeler chez Martel pour rassurer mon fils, l'ambulance et une voiture de police s'arrêtent silencieusement devant notre grille.

Je sors en courant et fais signe au gradé qui ouvre la portière de la voiture.

— Par ici. Il faut entrer par-derrière.

— Nous avons reçu le signalement de ce Fournier. Il paraît qu'il risque de devenir dangereux.

— Il a déjà tenté une fois d'étrangler sa femme.

Les infirmiers nous suivent avec une civière et un vêtement bizarre, que j'identifie avec un frisson : une camisole de force.

Dès le vestibule, nous entendons les ronflements. Je montre le flacon de comprimés, explique que je lui en ai donné deux et conclus :

— J'espère que cela ne lui fera pas mal ?

— Pensez-vous ! fait un des infirmiers. Un seul de ces petits machins n'aurait servi à rien.

— Est-ce qu'on lui met la camisole ? demande l'autre.

— C'est plus sûr.

Voir cela est au-dessus de mes forces. Je me détourne jusqu'au moment où le gradé me dit gentiment :

— C'est fini. On l'emmène.

Emballé dans une couverture qui dissimule le sinistre vêtement, Augustin a simplement l'air d'un malade ordinaire. Pauvre malheureux, quelle sera sa réaction lorsqu'il se réveillera dans sa cellule ?

Lentement, le petit cortège descend l'allée, franchit la grille.

A l'instant où les infirmiers vont glisser la civière dans l'ambulance, une voiture stoppe dans un violent grincement de freins. Frédéric Martel en jaillit par une portière, Jean-Mi par l'autre.

Je vois mon fils s'arrêter, comme foudroyé. Cela dure une seconde à peine. Il se penche sur la civière, se redresse, s'élance en courant vers la maison et je me précipite à sa rencontre.

— Maman ! Mon Dieu, maman !... En voyant la civière, j'ai cru...

Sa voix se calme. D'un geste presque brutal, il m'attire contre lui. Le front sur son épaule, je bégaie entre deux sanglots :

— Mon pauvre petit ! Et ce pauvre Augustin...

— Ah ! Non, celui-là, ne le plains pas ! crie-t-il.

Quand je pense à ce qui aurait pu arriver !

— Nous ferions mieux d'entrer, intervient Frédéric Martel. Votre mère a besoin de repos.

— Non, ça va maintenant.

Tout de même, je suis contente de m'asseoir. Jean-Mi nous sert du whisky, non sans en répandre généreusement sur le tapis, pendant que je raconte mon histoire.

— Tu as été aussi courageuse qu'un homme, me dit-il.

Ce bizarre compliment m'arrache un fou rire nerveux.

Mon fils poursuit :

— Rien qu'au son de ta voix, j'ai compris que quelque chose clochait. Quelle peur j'ai eue !

— Il n'arrêtait pas de me supplier : «Plus vite. Plus vite», appuie son patron. Bon, je rentre. Toi, tu restes ici, bien entendu.

— Merci, monsieur. Mais ma bicyclette est chez vous.

— Demain, ta sœur fera un crochet pour te déposer, dis-je.

Ma voix me paraît faible et lointaine. En face de moi, le fauteuil est vide mais les coussins gardent encore l'empreinte d'un corps.

Jean-Mi accompagne son patron jusqu'à la porte, revient, me dévisage longuement :

– Quand j'ai vu l'ambulance et la civière...

Il est incapable d'achever. Pour la première fois, il réalise en profondeur qu'un jour il me cherchera et ne me trouvera plus. Que ce soit le plus tard possible, mon Dieu. Martine et lui ont encore tellement besoin de moi.

Fin du trente-troisième Cahier

Trente-quatrième Cahier

CHAPITRE PREMIER

— Maman...

— Mon fils ?

— Si je faisais venir le médecin ?

— Pour qui ?

— En voilà une question ! Pour toi évidemment. Après de telles émotions, cela me paraît élémentaire.

Son regard gris vire de l'inquiétude à l'indignation. Je me mets à rire, d'un rire quand même un peu crispé.

— Je t'assure que je me sens très bien.

Il continue à me fixer. Pauvre Jean-Mi, quel choc lorsque, arrivant avec Frédéric Martel, il a aperçu une ambulance et une voiture de police devant la grille.

Dieu merci, ce n'était pas moi qu'on emportait sur une civière mais Augustin, le mari de Carole, évadé hier soir de l'asile psychiatrique.

Je reconnais que, depuis le moment où Carole, éperdue, a sonné ici, mes nerfs ont été soumis à rude épreuve. Jamais je n'aurais imaginé me trouver en face d'Augustin et – je peux bien l'avouer ici – jamais je n'aurais imaginé que je m'en tirerais comme je l'ai fait.

Il y a une heure qu'on l'a emmené et que Jean-Mi est là,

m'obligeant à rester allongée, s'occupant du déjeuner, téléphonant a Béa, chez qui Albert a mené Carole ce matin pour la mettre à l'abri du danger.

Je me proclame donc en parfait état mais, quand tout à coup la sonnette de la grille se déchaîne, je saute en l'air.

Jean-Mi va ouvrir et ramène une Lucie en larmes qui se jette à mon cou en bredouillant des propos confus.

— Puisque je vous répète que tout va bien, fait mon fils.

— Oui mais quand je pense... Je viens de m'éveiller et j'apprends... Quelle horreur ! Quel courage !

Elle me dévisage avec admiration. Jean-Mi appuie :

— Oui, on peut dire que maman a été courageuse.

Gênée, je me tortille sur les coussins du canapé et essaie de faire dévier l'entretien.

— Comment se fait-il que vous vous éveilliez seulement ?

Ma voisine s'effondre dans un fauteuil.

— Cette pauvre petite jeune femme est arrivée hier dans un état à faire pitié. Elle tremblait, pleurait, s'accusait d'être venue chez vous sans réfléchir aux risques qu'elle vous faisait courir. Bref, nous avons passé une heure à la calmer.

Albert a dormi comme une souche, reprend-elle avec une pointe de rancune. Moi, je n'ai pas fermé l'œil. J'écoutais, il me semblait que j'entendais des pas dans le jardin et même dans la maison. Deux fois, j'ai réveillé mon mari. Il s'est levé, a pris sa carabine. La troisième fois...

Son air penaud nous amuse. J'imagine le pauvre Albert arraché au sommeil, furieux, n'osant quand même pas crier trop fort à cause de celle qui dort dans la chambre voisine.

— Quelle nuit ! Ce matin, je n'ai pas osé déverrouiller les portes. Lorsque Albert est sorti pour prendre la voiture, votre amie et moi tremblions comme des feuilles. J'avoue que j'ai été soulagée de la voir partir.

Elle baisse le nez d'un air coupable. Jean-Mi observe d'un ton apaisant :

— Je comprends cela. Ici, la nuit n'a pas été de tout repos non plus.

Coup d'œil sévère à Josué, responsable d'une scène de panique, qui à la réflexion – mais à la réflexion seulement – nous paraît cocasse.

— Bref, après leur départ, je me suis recouchée, ai pris un sédatif et dormi profondément. Je n'ai rien entendu.

— Ça valait mieux. Je n'avais qu'une crainte, vous voir arriver pendant que ce malheureux était ici.

Ce malheureux, répète Lucie, suffoquée. Des gens comme ça, on devrait...

Les poings serrés, la mine belliqueuse, elle répète les derniers mots.

— Je vous assure qu'il faisait pitié. Il est irresponsable.

— Tiens donc ! s'exclame mon fils. Le jour où il a voulu étrangler Carole, il te faisait pitié aussi, sans doute ?

Je ne réponds pas. Comment pourraient-ils comprendre, eux qui n'ont pas vu Augustin écroulé dans ce fauteuil, mourant de faim et de soif, rempli de haine pour sa femme, tantôt pitoyable, tantôt menaçant.

Lucie s'en va, encore tremblante. Malgré les protestations de Jean-Mi, je le suis à la cuisine, achève de préparer le repas. Je préfère m'occuper ; inactive, je revois indéfiniment des scènes que je souhaite oublier le plus vite possible.

Après le déjeuner, mon fils veut m'obliger à faire la sieste. Je refuse catégoriquement ; puisque le temps est beau, je vais travailler au jardin.

— Profites-en pour t'occuper du potager. Tu m'as dit qu'il était temps de rentrer carottes et navets.

Il finit par céder. Rien de tel que de jardiner pour calmer les nerfs. Glaïeuls et dahlias donnent encore quelques fleurs, que je coupe avant de déplanter les bulbes et de les mettre dans un endroit frais et sec. Toutes les plantes vivaces sont nettoyées et recouvertes d'une couche de tourbe. Au revoir... Au printemps prochain.

L'automne est revenu, couleur de capucine (1).

Elles tiennent encore bon, les capucines aux joyeux coloris. Mais la première gelée blanche les transformera en spaghetti.

De temps à autre, Jean-Mi vient jusqu'à la haie et me demande si ça va. La quatrième fois, je me rebiffe gentiment :

— Voyons, mon grand, de quoi as-tu peur ? De me retrouver gracieusement évanouie parmi les chrysanthèmes ? Ou penchée au faîte du marronnier parce que j'ai cru apercevoir une ombre ?

Je n'ajoute pas que sa sollicitude, si touchante soit-elle, m'énerve presque autant que le souvenir de ce qui s'est passé ce matin, car ce serait lui faire une peine inutile.

— Voilà Béa ! s'exclame-t-il en s'engageant dans la brèche de la haie.

Résignée, je pose mes outils et retire mes gants. J'aime Béa mais, pour une fois, sa visite ne me fait pas tellement plaisir.

Et quand je vois à ses côtés une mince silhouette, j'ai envie de prendre la fuite.

— Oh ! Jean-Mi !

— Je m'y attendais, dit-il avec flegme. Allons, courage.

Son regard compréhensif se colore de malice. Son bras entoure mes épaules ; nous avançons vers les arrivantes. Carole est verte ; mon amie semble pâle sous son hâle, ses yeux paraissent plus sombres que d'habitude et la façon dont elle me serre contre elle en dit long.

---

(1) M.A. Martin.

— Ce n'est rien, dis-je bêtement. Je t'assure que ce n'est rien.

— Elle passe son temps à minimiser les choses, souligne mon fils, mi-railleur mi-indigné.

— *Querida*, je suis fière de toi.

— Voilà le mot que j'attendais !

Nous éclatons d'un rire nerveux. Seule Carole ne participe pas à cette gaieté.

De plus en plus verte, elle me saisit les bras, bégaye quelque chose d'incompréhensible et éclate en sanglots.

— Quand elle a appris ce qui s'était passé, glisse Béa à voix basse, elle a piqué une de ces crises de nerfs ! Je t'assure que je n'en menais pas large. C'est d'ailleurs à cause de cela que nous venons si tard.

— Jamais je ne me pardonnerai, gémit Carole. Par mon égoïsme, mon irréflexion, je vous ai mise dans une situation terrible. Il aurait pu...

Elle fait le geste, qui me serre chaque fois le cœur, de porter la main à la gorge, souvenir du jour où son mari a tenté de l'étrangler.

— Augustin serait venu ici de toute façon, dis-je. Il s'était mis dans la tête que vous vous trouviez chez moi.

— J'ai semé la perturbation partout. Chez vous, chez vos voisins, chez vos amis. Vous avez tous été trop bons.

— Si l'on n'est amis que quand tout va bien, cela ne compte guère, objecte Jean-Mi. Allons, venez, nous allons prendre une tasse de thé.

— Malheureusement, il faut que je rentre, dit Béa en m'embrassant. Allons, petite madame, cessez de pleurer. Vous voyez bien que tout va bien.

Carole sort enfin sa figure de son mouchoir, ravale un sanglot et murmure :

— Pouvez-vous me déposer au RER ?

— Bien volontiers.

— Vous n'allez pas rentrer chez vous, dis-je, en pensant à l'appartement de Créteil où rôde le souvenir d'Augustin. Restez ici quel...

— Non, coupe-t-elle d'une voix aiguë. Je me suis assez cramponnée à vous, Marie-Thérèse. Maintenant, il faut que je me conduise en adulte.

Jean-Mi, qui lui a toujours reproché de s'accrocher à moi comme un lierre, fait un geste approbateur, qu'elle ne voit heureusement pas.

— J'ai de la peine en la voyant s'éloigner aux côtés de Béa. Elle semble si fragile, si vulnérable ! Sera-t-elle capable de supporter la solitude et surtout les souvenirs qui l'attendent dans son appartement de Créteil, où elle a quand même vécu quelques mois heureux auprès d'un Augustin dont les remords n'avaient pas encore ébranlé la raison ?

CHAPITRE II

Martine lit les *Veillées des Chaumières* de façon épisodique et souvent avec retard. C'est pourquoi elle vient seulement d'apprendre que la Rose des Vents a déménagé et qu'Hortense a dû se séparer de Vicomte.

— J'en ai les boules, me confie-t-elle, toute chavirée. Vrai, c'est pas jojo de devoir abandonner son chien. Pourquoi ta Jacqueline elle t'en a pas parlé ? On l'aurait pris, Vicomte.

— Ici ? Avec Josué ?

— Pourquoi pas ?

— Il est jaloux de Saturnin et même de ta voiture. Je ne le vois pas acceptant la présence d'un autre chien.

Dans son panier, au coin de la cheminée, le jaloux ronfle béatement. Il devient frileux et un brin paresseux. Naguère, le jardin était trop petit pour ses ébats ; il n'était jamais plus heureux que lorsque nous l'emmenions dans la forêt. A présent, il fait semblant de ne pas voir la laisse que nous secouons d'un air engageant. Résultat, il engraisse.

— Je lui aurais expliqué la situation, rétorque ma pouliche avec assurance.

— J'aurais voulu voir ça ! De toute façon, Vicomte est très

heureux chez Fernande Huc.

Sans répondre, elle ouvre une autre *Veillée*, la parcourt, en prend une troisième.

— Oh ! Chaleur ! Oh ! Dis, t'as vu ? Hortense qui parle des toiletteuses. Et qui m'offre son article. A MOI !

Elle en devient toute rose. Alerté par ses exclamations, le chien ouvre un œil. Je la laisse parcourir cette *Porte ouverte* qui lui est dédiée et attends ses commentaires non sans m'interroger sur ce «Oh ! Chaleur !» que j'entends pour la première fois.

— C'est pas pos d'être branchée comme ça. Elle en brasse des idées !

Ayant émis ce jugement, elle reste pensive, les yeux fixés sur la vignette «gentiment rétro» qui décore la chronique. Je me doute bien qu'elle bute sur une ligne, une toute petite ligne de ladite chronique : *Et là, à travers l'action, un message passe.*

— Elle est pas contre, elle, marmonne la jeune personne, qui n'ignore pas que je ne suis pas enchantée de la voir exercer ce métier. D'ailleurs, je suis sûre d'avoir le sens du «canin.»

— Et de l'humain ?

— Euh... Faire passer le message, facile à dire. Quel message, d'abord ?

— Celui du Christ.

— Oh ! Chaleur ! Je vais pas me mettre à prêcher, tout de même !

— Tu sais bien qu'il ne s'agit pas de cela. Ton attitude, ton refus de certaines situations, ta façon d'écouter, tout cela est important. Surtout écouter. C'est rare, tu sais, quelqu'un qui, recevant un début de confiance, n'enchaîne pas sur un : « C'est comme moi. Moi, je...»

Assise sur le canapé, une jambe repliée sous elle, elle secoue la tête en silence. Dire qu'elle a naguère envisagé de se faire religieuse !

Sentant qu'il vaut mieux abandonner le sujet, je questionne :

— Que signifie «Oh ! Chaleur !» ?
— C'est fantastique. Ou formid.
— Je vois.

Je vois surtout que le vocabulaire évolue à toute vitesse. Ce qui était *look* (1) ce matin est *craignos* (2) ce soir.

Et si je veux comprendre les propos de ma fille et de ses amis, il faut que je me tienne au courant de tous ces changements.

Qu'en pensez-vous, chère Hortense, jamais vue et pourtant si proche ? Dites-vous : «Oh ! Chaleur !» à Jacqueline qui vous apporte un gros paquet de lettres affectueuses ?

Dimanche, nous irons chez Madame-Trop, installée depuis peu à la Résidence Sans-Souci, à Asnières. Je voulais l'inviter ici mais elle tient à nous montrer son appartement. Au téléphone, je l'ai sentie – je ne dirai pas excitée, car elle ne s'excite jamais – mais un peu moins glacialement calme que d'habitude. Le déménagement s'est bien passé et elle se déclare habituée à sa nouvelle existence.

Si je devais quitter la maison... J'aime mieux ne pas y penser. Elle fait tellement partie de la famille. Elle nous a vus arriver, pleins de projets, tout heureux d'échapper à l'étroit appartement baptisé le Clapier.

Nous avons peint, tapissé, défriché, planté. Cajolé la maison jusqu'à ce qu'elle s'apprivoise. Ri, pleuré, rêvé entre ses murs.

C'est son seuil que Pierre a franchi un matin d'été sans savoir qu'il ne le repasserait plus jamais. C'est contre ses vitres que j'ai appuyé mon front en me demandant comment j'allais pouvoir vivre sans lui. Et c'est sous son toit que, peu à peu, nous avons retissé la trame des jours.

Une lectrice m'a écrit que notre cercle familial n'était brisé

(1) A la mode.
(2) Dépassé.

qu'aux yeux des hommes. Que la communion des saints existait et que mes enfants ne seraient pas ce qu'ils sont si ce cercle était brisé.

Et c'est vrai que j'ai souvent senti Pierre près de moi, me guidant sans paroles. Mais c'est vrai aussi que je l'ai parfois appelé en vain.

Octobre s'en va, emporté par le vent. Et le petit cadavre gisant sur l'appui de la fenêtre rappelle le proverbe :

A la Saint-Crépin (25)
La mouche voit sa fin.

Tandis que notre marronnier flambe de tous ses ors, les tilleuls se montrent fantaisistes et d'humeur changeante. Les uns se défeuillent pauvrement, avec de laides tavelures ; les autres réussissent un savant équilibre entre le jaune pâle et le vert.

L'orme abandonne sa parure sans changer de teinte. Une fois nu, il fait de sa ramure une dentelle pareille à celle du printemps.

Quant aux platanes, ils résistent au vent, à la pluie, au froid et ne se décident à perdre leurs magnifiques feuilles panachées de rose et d'or que vers la mi-novembre.

J'aime la fantaisie de l'automne mais, à travers lui, je suis comme du Bellay :

Je sens venir l'hiver qui de sa froide haleine
D'une tremblante horreur fait hérisser ma peau.

Allons, mes lamentations ne feront pas varier le cours des saisons. Préparons plutôt, pour étoffer le repas de ce soir, une crème minute de mon invention.

Sous l'œil intéressé de Josué, qui devient d'autant plus gourmand que nous le rationnons parce qu'il s'alourdit, je mélange à environs quatre cents grammes de fromage blanc (maigre de préférence) un jaune d'œuf, un sachet de sucre vanillé et du sucre au goût. Parfois, j'ajoute une poignée de raisins secs trempés dans du rhum. C'est bon, nourrissant et vite fait.

Tout en travaillant, je pense à ma pauvre Carole, qui se remet lentement de ses émotions. Lorsque je lui ai demandé si elle avait des nouvelles de son mari, elle m'a répondu d'un ton farouche que non et, devant mon mutisme, elle a précisé : «Le mal qu'il m'a fait, je peux essayer de l'oublier. Mais ce qu'il vous a fait, à vous, je ne le lui pardonnerai jamais.»

Dans son obstination à rouler seule, elle refuse systématiquement mes invitations. Non, elle ne pleurera plus sur mon épaule. Non, elle ne me fera plus porter son fardeau. Il y a trop longtemps que cela dure.

Je crois qu'il vaut mieux que je n'insiste plus. Lorsque ses absurdes et touchants remords seront un peu apaisés, je pourrai sans doute lui faire entendre raison.

Du point de vue humain, c'est une vie gâchée. Que peut-elle encore attendre de l'existence après tant de malheurs ! Comment oser faire des projets ! Mais nous ne connaissons pas le plan divin, ni les cheminements mystérieux de la grâce, dont Péguy disait : ...Quand on la met à la porte, elle entre par la fenêtre... Quand elle ne vient pas droit, c'est qu'elle vient de travers.

Je verse la crème dans une jolie coupe et la range au réfrigérateur.

Toute la cuisine embaume les tomates et le céleri du potage. Jean-Mi pousse la porte, son ciré ruisselant à la main.

— Bonsoir.

— Bonsoir, mon grand. Il pleut ?

— A verse.

J'emporte le ciré dans la petite pièce pompeusement baptisée buanderie. En effet, la pluie crépite avec rage sur le zinc de la plate-forme.

Quelle part d'entêtement entre-t-il dans la volonté écologique de mon aîné d'utiliser sa bicyclette plutôt qu'une petite moto ou même une mobylette, redevenue à la mode avec tant d'autres accessoires des *fifties* (1) ?

Comme s'il devinait mes réflexions, il lance :

— Sais-tu ce que j'aimerais ? Un cheval. Attelé à une de ces voitures pourvues d'une grande capote noire.

Entrant dans le jeu, j'approuve :

— On mettrait ton cheval au garage, près de Désirée.

— On récolterait le crottin. Et le fumier. C'est excellent, le fumier de cheval.

Nous voilà partis à rêver.

C'est amusant, et sans danger à condition de ne pas se prendre au sérieux. Le premier, Jean-Mi retombe sur terre :

— En attendant, je continue avec ma bicyclette. Malheureusement, elle ne donne pas de crottin !

---

(1) Les années cinquante.

CHAPITRE III

Martine stoppe Désirée sur le parking de la résidence Sans-Souci, immeuble de huit étages précédé d'une pelouse garnie de vasques de chrysanthèmes jaunes.

Si j'avais laissé faire ma fille, elle aurait cueilli une énorme gerbe de fleurs.

Connaissant l'austérité de ma belle-mère, je ne suis pas certaine qu'elle ait conservé un seul vase, aussi ai-je freiné l'élan de Martine, qui a dû se contenter de quelques roses mêlées de petits chrysanthèmes blancs.

Plus question d'apporter des légumes du potager, mais quand même quelques pommes et une petite tarte aux prunes.

Nous pénétrons dans un hall clair, garni de plantes vertes. Derrière le comptoir, pareil à celui d'un hôtel avec ses rangées de clés et son standard téléphonique, trône une jeune femme en chemisier bois-de-rose.

— Mme Brugeois ? Troisième étage, la porte en face de l'ascenseur. Elle vous attend, ajoute-t-elle en souriant.

Au passage, nous apercevons la salle à manger et ses tables.

De l'autre côté du hall, un salon où bavardent quelques personnes.

— C'est kif-kif un trois étoiles, constate Martine, impressionnée.

Les menus sont affichés dans l'ascenseur. Tomate antillaise, côte d'agneau, haricots verts et parfait au café à midi. Potage printanier, assiette froide et compote d'abricots ce soir.

Au troisième, un long couloir bien éclairé, un recouvrement antidérapant et, tout le long du mur, une large main courante.

— A quoi ça sert ?

— A se guider quand on n'est plus très valide, répond sa grand-mère du seuil de son appartement.

Son teint me paraît un peu plus coloré que d'habitude et je la sens impatiente de nous montrer son nouveau home. C'est attendrissant, surtout de sa part.

— Entrez. Je suis contente de vous voir.

Les enfants échangent un coup d'œil stupéfait. Martine tend ses fleurs en bredouillant :

— Je voulais t'apporter un gros bouquet mais...

— Je n'ai conservé que deux vases, un moyen et un petit.

Il n'y a même pas une plante verte dans la grande pièce peinte en jaune paille, éclairée par une porte-fenêtre ouvrant sur un petit balcon. Le lit est logé dans une alcôve. La commode, le bonheur-du-jour, une table ronde, quelques chaises, les fauteuils du salon, la télévision, le grand tapis aux teintes sourdes recréent une atmosphère familière.

Je redoute un «Oh ! Chaleur !» de Martine mais elle se contente de déclarer que c'est vraiment classe.

— Elle veut dire que cela a de l'allure, traduit Jean-Mi.

— Vous n'avez pas encore tout vu.

A gauche de la porte d'entrée, la salle de bains, toute petite mais très pratique. A droite, une immense armoire placard et, derrière un volet coulissant, une kitchenette vraiment minuscule, avec réfrigérateur, évier, réchaud électrique et étagères.

Ma belle-mère paraît toute contente de nos exclamations admiratives, qu'elle sait sincères.

— C'est classe, répète Martine, particulièrement séduite par la cuisine-joujou. Tu vois, m'man, on aurait pu apporter des légumes.

— Très peu, alors. A midi, je déjeune au restaurant. Le soir, je mange un œuf, du fromage un yogourt, une compote.

— Et le petit déjeuner ?

— Je le prépare moi-même. Cela m'oblige à sortir pour acheter du pain.

Ma belle-mère pose le bouquet au milieu de la table. Jean-Mi s'approche de la croisée, qui donne sur un jardin pas très grand, fermé par un rideau de peupliers qui dissimule l'arrière d'autres bâtiments.

— Il faudra quelques bacs de fleurs. J'arrangerai cela au printemps.

— Je te remercie mais je n'y tiens pas.

Un ange passe. Les prunelles de Martine pétillent. Jean-Mi se retourne, scandalisé ;

— Tu n'y tiens pas ? répète-t-il de l'air du monsieur qui n'en croit pas ses oreilles.

— Non.

— Voyons, mamé. Les fleurs, les plantes, cela égaye la vie.

— Sans fleurs, c'est pas jojo, appuie sa sœur.

Devant mon coup d'œil, elle corrige :

— Je veux dire que c'est pas drôle.

Madame-Trop secoue fermement le front. Jean-Mi se laisse choir sur un fauteuil et se prend la tête à deux mains d'un geste passablement théâtral.

— La poésie, les couleurs, les parfums...

— Les fleurs, mamé, c'est un must.

— J'en ai «la frite au bain-marie», dis-je à mon tour pour me moquer de Martine.

Un silence stupéfait accueille ces paroles. Ma belle-mère devient rouge, de stupeur plus que d'indignation, je crois. Martine se tord ; après quelques secondes de flottement, son frère l'imite.

— Vous ne cesserez jamais de m'étonner, Marie-Thérèse, constate Madame-Trop avec une ombre de sourire.

— Elle est branchée, maman, appuie ma fille en s'essuyant les yeux.

— Que signifie cette étrange expression ?

— Qu'elle a la larme à l'œil.

— Original. A présent, parlons français.

— Tu as raison, mamé, approuve mon fils. Es-tu habituée ici ? T'es-tu créé quelques relations ?

Il a compris qu'il était inutile de revenir sur la question fleurs. Le balcon restera nu, les vases vides. Puisque tel est le goût de leur propriétaire, n'insistons pas.

— Je suis parfaitement habituée. J'apprécie de ne plus devoir m'occuper de rien et j'éprouve un sentiment de sécurité que je n'avais plus chez moi. Enfin il y a, à sept ou huit minutes d'ici, une chapelle où l'on célèbre la messe chaque jour à onze heures.

Elle se lève, fait coulisser le volet qui masque la kitchenette et, suivie de Martine, fascinée, branche la cafetière électrique.

— Tu peux mettre tasses et soucoupes sur ce plateau, ma petite fille.

Mon fils et moi échangeons un coup d'œil, conscients que notre hôtesse n'a pas répondu à la deuxième question, celle des relations amicales.

Martine volette à travers la pièce, déplie la nappe, sort le brésilien, un délicieux gâteau au café, du réfrigérateur sans cesser de s'extasier.

— J'aimerais vivre dans un truc comme ça, moi.

Jean-Mi est pris d'une quinte de toux. Sa grand-mère murmure :

— C'est très agréable... quand on a de l'ordre.

Mon signe de tête approbateur n'est perdu pour personne. Ma fille serre les lèvres et prend son air sainte Blandine livrée aux fauves.

Nous goûtons et l'excellence du brésilien ramène un sourire sur le visage de Martine. Quand nous prenons congé, Madame-Trop nous accompagne pour nous montrer le rez-de-chaussée.

Nous descendons ensemble et admirons la coquette salle à manger où l'on peut manger soit seule soit à une table de deux couverts ; le salon TV avec ses rangées de sièges confortables, le salon où l'on a ménagé un coin pour les jeux de société, dames, scrabble, bridge.

Au moment où nous regagnons le hall, une personne assez forte, appuyée sur une canne blanche, s'écarte du comptoir en disant :

— C'est vous, madame Brugeois ? Est-ce que vos petits-enfants sont avec vous ?

Son allure, sa façon de lever la tête sont celles d'une aveugle. Sans attendre la réponse, elle poursuit :

— J'aimerais entendre leur voix.

— Euh... fait Martine.

— Nous sommes heureux que mamé soit si bien installée, dit Jean-Mi avec aisance.

— Votre mamé a la bonté de me faire chaque jour la lecture.

— C'est une distraction, articule Madame-Trop, très raide.

Voilà pourquoi elle n'a pas répondu lorsque nous lui avons demandé si elle s'était créé des relations. Un peu à contrecœur, elle fait les présentations. Après quelques paroles aimables, l'aveugle s'en va sans hésitation vers l'ascenseur.

— C'est ma voisine, commente brièvement Madame-Trop, que je vois contrariée par cette rencontre.

— Vous viendrez déjeuner le premier dimanche de novembre, n'est-ce pas, maman ?

— Je viendrai te chercher vers midi, mamé.

Martine se rengorge ; elle n'a pas encore épuisé l'enivrant plaisir de posséder une voiture et d'en faire généreusement profiter son entourage.

— Si tu me promets de conduire prudemment.

— Je conduis *toujours* prudemment, assure ma fille.

Je confirme et nous prenons congé. A peine Martine a-t-elle démarré qu'elle s'exclame :

— Elle est vraiment austère, hein, mamé ! Mais elle fait sa B.A. (1). C'est super.

Sous le ton léger perce une admiration étonnée. Moins fine que son frère, elle a encore tendance à juger les gens d'un bloc, sans la moindre nuance, et à les classer dans des catégories bien précises.

(1) Bonne action.

CHAPITRE IV

J'ai cueilli quelques capucines pour décorer la table. Humides de rosée, une perle de cristal au creux de leurs feuilles rondes...

Les capucines sortent de l'aube, tendres et violentes comme les héroïnes romantiques, mouillées de larmes de la nuit (1).

Je comptais déjeuner d'un œuf. Papa s'étant invité, l'œuf deviendra piperade, précédée d'un mélange de crudités et suivie d'un plateau de fromages et d'une salade de fruits parfumée au kirsch.

J'aime le gâter, le traiter en invité de choix car il apprécie le décor autant que ce qu'on lui sert. Combien de fois ne m'a-t-il pas dit : «On est bien chez toi, mon chéri.» Chez lui, tout respire une certaine froideur ; parfaite maîtresse de maison, maman s'avère pourtant incapable de créer une atmosphère chaleureuse.

Lorsqu'elle reçoit, la table est ravissante, les mets délicieux, les vins choisis, la conversation brillante. Néanmoins, il manque quelque chose, une étincelle, un je-ne-sais-quoi qui font que les

---

(1) Andrée Sodenkamp.

invités s'épanouissent, se sentent bien et éprouvent l'envie de revenir.

Tout en remplissant une coupe de biscuits salés pour l'apéritif, je me dis que ce n'est pas gai de juger sa mère comme je le fais. Il m'a fallu des années pour admettre son égoïsme et l'accepter telle quelle. Ça ne m'empêche d'ailleurs pas de l'aimer.

Papa arrive à midi pile, comme prévu. Il porte, ô surprise ! un blazer bleu qui sied à ses cheveux blancs et le rajeunit.

— Quel chic ! Tu vas faire des ravages.

Il rit, redresse les épaules, jette un coup d'œil au miroir.

— Ta maman m'y a poussé. Elle m'a tant répété que je m'habillais de façon surcomplexée, qu'elle était traumatisée lorsqu'elle sortait avec moi, que j'ai fini par la laisser faire.

Il faut avouer que ses éternels complets gris foncé ne l'avantageaient guère. Pour une fois, j'approuve maman et je me réjouis qu'elle ait pris les choses en main.

— Un jus de tomate ? Un jus de fruits ?

— Donne-moi un jus de tomate. Mais, avant tout, regarde...

Il ouvre son attaché-case et en sort une revue, épaisse, imprimée sur beau papier glacé.

— Le premier *Brico-Home* sorti des presses de l'imprimerie Volant, annonce-t-il avec orgueil.

— Oh ! Papa !...

Je me sens aussi fière, aussi émue que lui.

Pour imprimer cette revue à gros tirage, il a dû acheter une nouvelle machine et faire un lourd emprunt.

D'où angoisse, pessimisme, calculs cent fois faits, tout cela sans pouvoir compter sur l'appui moral ou même la simple compréhension de sa femme, qui part du principe qu'il est trop complexé pour réussir quoi que ce soit.

Je feuillette les pages lisses, illustrées de belles photos couleur.

Sans être professionnelle, je m'y connais tout de même assez pour voir qu'il s'agit d'une incontestable réussite.

— Oui, ce n'est pas mal, concède papa. Mais...

Avec lui, il y a toujours un mais. Et je comprends que cela agace maman, si sûre d'elle et toujours portée à l'optimisme.

— Mais quoi ?

— Pourvu que cela dure. Le prix de l'abonnement est élevé. Dans la conjoncture actuelle, je me demande comment les gens peuvent se le payer. Si le tirage baisse...

— Pourquoi te tourmenter pour une chose qui ne se produira sans doute pas ? Buvons plutôt à la santé de ce premier numéro. Et à celle d'Arnaud Brouage !

— Ne prononce jamais ce nom-là, mon chéri.

Que cette magnifique affaire lui ait été procurée par le «traître» le met mal à l'aise, tandis que cela plonge maman dans une noire fureur. Oserai-je avouer que, pour ma part, je trouve la chose amusante ?

— Puis-je garder cet exemplaire ? Je voudrais le montrer aux enfants.

— Il est pour vous.

Nous passons à table. En faisant son choix parmi les raviers de crudités, mon père continue à parler du tirage de ce premier numéro, des tâtonnements avant d'arriver à un résultat impeccable. Malgré son pessimisme, son déplaisir d'avoir dû s'endetter, il est content.

— Et maman ? A-t-elle surmonté sa déception ?

— Quelle déception ?

— Le peu de succès de son exposition.

— Elle a eu du succès, mon chéri proteste-t-il avec vivacité. Certes, elle aurait dû en avoir beaucoup plus. Elle a été victime d'une cabale, j'en suis certain.

Pauvre cher papa, son aveuglement a quelque chose de touchant. Jamais il n'admettra que ces tableaux ne sont ni meilleurs ni pires que des milliers d'autres. Pour lui, tout ce que maman fait est bien fait. Et toutes ses créations sont des chefs-d'œuvre.

— Les comptes terminés, elle fait un joli bénéfice.

— Tu sais qu'elle m'offre un lave-vaisselle.

— Elle me l'a dit. Cela va te soulager, n'est-ce pas ?

— Et les enfants donc ! Ils acceptent de bon cœur leur part de la corvée mais sont ravis qu'elle prenne fin.

— Martine tond toujours les chiens ?

— Oui. Ça lui plaît, c'est le principal.

— Hum !

Il est désolé du choix de la petite, «... qui est tout à fait capable de pousser ses études et de choisir une profession libérale, je t'assure». Pour ne pas le peiner davantage, je lui cache une partie de la vérité, c'est-à-dire que le milieu dans lequel évolue Martine m'inquiète énormément. L'abbé Vaneste me répète que j'ai tort de ne pas faire confiance à ma fille et je lui en veux un peu de cet optimisme, même quand il me fait remarquer que l'amoralité règne partout.

— Dis donc, mon chéri nous sommes bien lundi ?

La cuiller à mi-chemin de la bouche, il me fixe d'un air perplexe. Devant mon acquiescement, il reprend avec une pointe d'agitation :

— Alors où est Martine ? Elle devrait être ici ?

— Elle passe la journée à Paris.

Rassuré, il termine le dessert, refuse le café et se lève, non sans glisser un chèque sous mon assiette.

— Je ne savais que t'offrir. Tu achèteras ce que tu voudras. Ne me remercie pas.

Il bat si précipitamment en retraite que j'ai à peine le temps de l'embrasser. Après son départ, je constate que le montant du chèque dépasse largement celui d'un simple cadeau. Voilà pourquoi il a pris la fuite.

J'en peux plus, clame Martine en s'écroulant sur le canapé. Qu'est-ce que j'ai trotté !

Josué glisse son museau dans sa main et son bout de queue frétille d'allégresse. Tout en le caressant, elle poursuit :

— C'est drôlement contraignant, ce congé du lundi. La plupart des boutiques sont fermées.

Elle allonge des jambes gainées d'arachnéens bas résille noirs discrètement brodés et considère d'un œil satisfait les paquets abandonnés sur le tapis.

— J'ai bouffé avec Pauline dans un fastfood (1). J'en reviens pas de la voir habillée vite bcbg (2).

Inscrite dans une école d'hôtesses, Pauline a dû, bon gré mal gré, renoncer à sa volumineuse crinière frisée à mort, ses jambières multicolores, ses vêtements superposés et entortillés.

— Elle est contente ?

— Elle accroche bien.

D'un geste désinvolte, elle fait tomber ses chaussures sur le sol et remue voluptueusement les orteils. Puis elle ramasse un paquet et l'ouvre.

— Regarde.

Elle me tend un charmant petit pantalon couleur pêche. La coupe curieusement 1925, la texture me laissent perplexe.

— On dirait de la soie.

— C'est de la soie, madame.

Faisant miroiter l'étoffe dans la lumière, elle ajoute d'un ton péremptoire :

— La soie, c'est le look.

— En cherchant bien, on trouverait des parures de ce genre dans les armoires de ma mère.

— N'y compte pas. Thérèse a du feeling ; elle a sûrement

(1) Repas rapide.

(2) Bon chic bon genre.

repris tout ça pour elle depuis longtemps.

Dressée d'un coup de reins, elle place le pantalon devant elle, se tortille d'un air satisfait, bat des cils, interpelle le chien :

— Pas que j'ai l'air fatal, Jo ? Juste comme Marlène, hein !

J'éclate de rire en voyant Josué lui tourner le dos. Nullement démontée, elle poursuit :

— Seulement, ça coûte un os, tout ça. Mon budget est en chute libre. Avec le fric minable que je gagne !

— Les pourboires...

— Faut les partager, tu sais bien. Des fois, on se fait un beau sou. Des fois, une misère.

Elle n'ajoute pas que la dette contractée en juillet pour la réparation de Désirée n'est pas encore apurée. Parfois, je suis tentée de la lui remettre, cette dette. Mais ce serait lui rendre un mauvais service ; il faut qu'elle apprenne à gérer un budget, se priver si nécessaire pour équilibrer celui-ci.

CHAPITRE V

Les deux hommes achèvent de déballer l'appareil qu'ils ont apporté et se tournent vers moi :

— Où faut-il le placer ?

— Là, à côté de l'évier.

Ce n'était pas une promesse en l'air, maman nous offre réellement un lave-vaisselle.

Dès que les livreurs seront partis, je lui téléphonerai pour la remercier.

A quatre pattes sur le carrelage, un des deux hommes inspecte la tuyauterie, se relève et profère :

— Peux pas le brancher. Faut un raccord.

— Ah ! Vous...

— On n'est pas outillés, coupe-t-il.

— Nous, on fait la livraison. Le reste, c'est pas notre boulot, appuie son compère, tout aussi aimable.

Du coup, je glisse dans la poche de ma veste le pourboire préparé, signe le reçu, le rends à celui qui a parlé du raccord.

— Voilà. Au revoir, messieurs. Bonne journée.

— C'est tout ?

— Vous avez fait la livraison. Je l'ai reçue.

Ils sont furieux. Moi aussi. Ce qui ne m'empêche pas de remercier chaleureusement maman, tout en passant sous silence cette histoire de raccord.

Lorsque je repose le combiné, le crépuscule tombe, accéléré par les hordes de nuées qui déferlent de l'ouest.

...Voici le vent cornant novembre ;
...Voici le vent
Qui se déchire et se démembre
En souffles lourds battant les bourgs ;
Voici le vent,
Le vent sauvage de novembre (1).

La lampe trace un rond d'or sur le tapis. Au-delà, l'ombre absorbe la silhouette accroupie des fauteuils, celles du petit secrétaire en bois fruitier et de la bibliothèque. Devant la fenêtre, l'aquarium de Saturnin retient une dernière parcelle de jour.

Lorsque je ferme les rideaux, le plus cabotin des cyprins exécute une pirouette en mon honneur.

Peu après, Jean-Mi rentre, tout essoufflé d'avoir lutté contre les rafales. Après examen, il s'avoue incapable d'installer ce fameux raccord et fulmine contre les livreurs, la firme qui les emploie, le fabricant du lave-vaisselle et le monde en général.

— Qu'est-ce qui se passe ? Y a le feu ou quoi ? claironne sa sœur depuis l'entrée.

Elle nous rejoint et s'extasie. Enfin, la corvée vaisselle est finie. On va pouvoir...

— Rien du tout, coupe Jean-Mi. Il manque un raccord.

Il lui conte l'affaire en l'assaisonnant de commentaires plutôt acides. Elle examine l'appareil dans ce que le garçon appelle déjà

(1) Emile Verhaeren

«sa superbe inutilité» et s'écrie :

— Ça alors ! C'est un truc à vous faire braire !

— Surtout, ne te retiens pas. Il ne faut pas contrarier ta nature profonde.

J'éclate de rire. Après une seconde de stupeur, Martine m'imite. Il faut reconnaître qu'elle a bon caractère ; jamais elle ne se vexe des remarques caustiques de son aîné.

— C'est pas possible qu'on n'en profite pas tout de suite, déclare-t-elle en reprenant son sérieux. Minute ! J'ai pas dit mon dernier mot.

Après un coup d'œil à sa montre, elle gagne le séjour et nous l'entendons décrocher le téléphone.

— Elle connaît quelqu'un, murmure Jean-Mi.

— Thierry ?... Salut, c'est Martine. Dis, tu connais quelque chose aux lave-vaisselle ?... Ben, non, il est pas en panne. Il a pas eu le temps de. Faut un raccord... Oui, c'est ça... Tu crois ?... T'es le roi, tu sais...

— Et elle la reine du beau langage.

— Chut ! dis-je, plus intéressée par les résultats de cet entretien que par son style.

— ...Le diamètre ? Ah ! Ça, c'est pas ma tasse de thé, tu sais... Bon, attends.

Sur ce, je perçois le bruit du combiné déposé sans douceur sur la tablette du secrétaire, celui d'un tiroir vigoureusement repoussé et, enfin, une galopade dans le corridor. Martine surgit, l'air important, mon mètre-ruban à la main.

— Rangez-vous, intime-t-elle en se précipitant vers le bloc-évier.

Elle se glisse à quatre pattes, le mètre-ruban déroulé, se relève, repart au galop.

— T'es là ?... Ça fait six et demi... Tu crois que tu peux ?... Tu es super. Tu dînes avec nous, hein !... Oui, à tout de suite.

Elle raccroche en clamant à tous les échos :

Voilà Thierry se ramène pour l'arranger, ce bidule. Je suis efficiente, moi !

Elle nous toise avec l'expression hautaine de l'initié face au plus naïf des néophytes.

— Est-il vraiment capable de faire cette installation, ton Thierry ? s'inquiète Jean-Mi.

— Non mais ! Sûr qu'il est capable. Ça fait plus d'un an qu'il travaille avec son paternel. Fais-lui quelque chose de bon, dis, m'man. C'est pas parce qu'il est maigre comme un concombre qu'il aime pas la bouffe.

Thierry, dont j'ai fait la connaissance lorsqu'il a rapporté les malles et l'horloge de chez ma belle-mère dans la camionnette paternelle, arrive une demi-heure plus tard, en bleu de travail, sac d'outils à l'épaule. Comme Martine bourdonne autour de lui, il la pousse gentiment hors de la cuisine.

En moins de vingt minutes, le raccord est placé, le lave-vaisselle installé.

— C'est une bonne marque, déclare le garçon en rangeant la lampe à souder. Vous en serez contente.

Dans sa figure étroite et osseuse, le regard est transparent comme un ruisseau de montagne. Une fois débarrassé de son bleu, il ne manque pas de distinction.

En passant, il s'arrête devant l'horloge, dont le tic-tac emplit le corridor.

— Elle marche ! J'aurais pas cru. Dis, Martine, ça ne te fait pas penser à la chanson de Brel ?

... La pendule d'argent qui ronronne au salon
Qui dit oui qui dit non...

Comme la petite fait la moue, il ajoute :

— Et si tu dis que Brel est crin-crin-ringard, je te tords le cou.

Elle en reste bouche bée et rosit même imperceptiblement.

— Brel était fantastique ! s'exclame Jean-Mi. Un véritable poète, humain, émouvant. Parfois violent mais...

— Cela vaut mieux que la tiédeur, coupe Thierry.

Les deux jeunes gens échangent un coup d'œil. Une onde de sympathie naît et se propage. L'œil soudain attentif, mon fils murmure : *Quand le vent est au sud, Ecoutez-le chanter...*

— *Le plat pays qui est le mien*, complète promptement l'autre garçon.

Le sourire de Jean-Mi s'épanouit. Par contre, celui de sa sœur s'efface ; n'étant pas littéraire pour deux sous, elle n'apprécie guère que la conversation vire de ce côté.

— C'est pendant ta première année de droit que tu t'es farci tout ça ? interroge-t-elle.

— J'ai toujours aimé la poésie.

— J'aurais pas cru...

Elle le fixe comme s'il avouait une maladie contagieuse. Jean-Mi esquisse un sourire un peu railleur et commence :

— Balzac...

S'il s'embarque dans la *Comédie humaine*, nous en avons pour la soirée. J'ai beau être passionnée moi-même, je n'en plains pas moins ma pouliche.

Profitant d'une seconde de répit entre *Eugénie Grandet* et *le Lys dans la vallée*, elle se redresse, une lueur de défi dans la prunelle :

— Moi, j'aime que la B.D. (1)

Je ne peux réprimer un mouvement car, contrairement à cette affirmation si catégorique, il est rare qu'elle s'intéresse aux aventures de Corto Maltese ou des Schtroumpfs.

— Ne te fais pas plus bête que tu ne l'es, rétorque promptement son frère.

---

(1) Bande dessinée.

— Tu n'aimes donc pas lire ? s'étonne Thierry d'un ton surpris.

— Non.

Une flamme brille dans ses yeux bleus. Après une courte pause, elle ajoute avec un petit rire :

— Demande à mon frère. Il te dira que je suis inculte. Comme un terrain plein de mauvaises herbes.

— Ça ne te tente pas, de te cultiver ?

— Non, réplique-t-elle d'un air buté.

On jurerait qu'elle le fait exprès ! Tout en faisant circuler la saucière de chocolat chaud qui accompagne les poires belle-Hélène, je me demande à quel point ce parti pris d'inculture n'est pas adopté en réaction à la vaste culture de Jean-Mi et à ses railleries.

Sous sa gaieté et son apparente indifférence, elle a pu être blessée par telle ou telle remarque. Il faudra que je dise à Jean-Mi de mettre une sourdine à ses propos trop facilement caustiques. Sans doute ai-je eu tort de rire de ceux-ci, surtout devant leur victime. Au fond, je suis vexée qu'elle ne se montre pas aussi brillante, aussi cultivée que son frère. Et j'ai tort car elle n'est pas bête, loin de là. Quand elle veut... Mais voilà, elle ne veut pas. Par certains côtés, elle a encore des réactions d'adolescente, presque d'enfant.

CHAPITRE VI

Le lave-vaisselle fonctionne à merveille. Les enfants ont téléphoné à leur grand-mère pour la remercier et Martine n'a pas manqué de répéter l'appréciation de Thierry, ce qui lui a valu un : «évidemment ! Je n'achète que de la bonne qualité, moi.»

— Elle ne se bonifie pas Thérèse, a-t-elle commenté en me rapportant ce propos.

A quoi bon nier l'évidence ? Non, le caractère de maman ne s'améliore pas. Comment pourrait-il en être autrement ? Il faut beaucoup de force d'âme pour accepter la vieillesse. Dire, comme Gaby Morlay agonisante : «Je ne pars pas, j'arrive», suppose un détachement, une foi et une espérance que ma pauvre mère ne possède pas. Au contraire, elle s'accroche désespérément à la jeunesse, a la vie qui glisse entre ses doigts comme le sable du rivage. Jamais elle ne souscrira à cette Bienvenue la Mort, du prêtre-poète Camille Melloy :

Oh ! Qu'elle vienne ! J'ai l'âme libre et dispose.
Le voyage me tente aux lointains Paradis.
Mon ancien désir d'en respirer les roses
Sous le feu des douleurs se ranime et grandit.

L'épreuve fut pour moi la balance équitable :
Elle a pesé les dons que la terre m'a faits,
Si légers que je peux les jeter sans regrets
Et m'abandonner, pauvre, à la Mort charitable.

Seigneur, je suis enfin le pèlerin sans toit,
Sans monture, sans bourse,
et plus libre qu'un roi
Et, brûlé par la soif de ta gloire, je laisse
La Mort, la bonne Mort soutenir ma faiblesse,
Me prendre par la main pour me conduire à Toi !

Paule débarque, sans prévenir, quoiqu'elle ait déjà trouvé à plusieurs reprises porte de bois. Décoiffée par la bourrasque, enfouie dans un trench sans forme tout éclaboussé de vieilles taches de boue, elle fait plus épouvantail que jamais.

— Veux-tu te recoiffer ? dis-je en ouvrant la porte du vestiaire.

— Bah !

Sans même se tourner vers le miroir, elle empoigne les mèches vagabondes, les fourre derrière ses oreilles et me suit dans le séjour.

— Tu as toujours ce bête poisson !

Elle déteste les animaux. Josué le sait si bien que, dès qu'il l'aperçoit ou même au seul son de sa voix, il se dirige vers le vestiaire, tête basse, résigné à l'inévitable.

Je ne réponds que par un sourire, connaissant la vanité de toute protestation. Ma visiteuse s'affale sur le canapé et promène autour d'elle un regard critique.

— Je vais préparer le thé. J'en ai pour cinq minutes.

J'en profite pour glisser un biscuit à Josué. Je me sens plus nerveuse que d'habitude. Voilà des semaines que Paule a emporté ma nouvelle historique. Son long silence m'inquiète ; je voudrais bien connaître son avis (ou plutôt son verdict) mais je n'ose pas le lui demander.

Lorsque je reviens avec thé et biscuits, elle n'a pas bougé et si son œil, rivé sur Saturnin, avait le pouvoir de tuer, le malheureux flotterait le ventre en l'air.

— Comment sont tes élèves, cette année ?

— Aussi bêtes que d'habitude.

Un temps puis elle corrige sans la moindre trace d'humour :

— Encore plus bêtes que d'habitude.

Elle part bride abattue sur le sujet. Parmi ses propos souvent excessifs, je pêche toujours quelques anecdotes, quelques phrases judicieuses et parfois involontairement drôles. C'est un thème sur lequel elle peut s'étendre pendant des heures

Aussi, n'ai-je pas besoin de me creuser la tête pour relancer la conversation.

Je l'écoute donc mais, en même temps, je me demande si elle va se décider à me parler de ma nouvelle. Si elle n'en dit mot, vais-je poser la question ? Je risque une de ces réponses coup de fouet où elle excelle.

A son habitude, elle abandonne brusquement ses élèves et, effectuant un virage à quarante-cinq degrés, me demande des nouvelles des enfants.

— Ils vont bien, merci.

C'est court mais, comme cette cérébrale pure n'admet ni le métier d'horticulteur de Jean-Mi ni celui de toiletteuse de sa sœur, je ne vois pas ce que je pourrais dire de plus.

— Un garçon de la valeur de Jean-Mi soupire-t-elle avec une amertume que je devine sincère.

— Veux-tu un peu de thé ?

— Du thé ? Tu es bassement matérialiste, Marie-Thérèse.

Je baisse le nez, toute prête à lui donner raison pour éviter ses reproches. Trop tard !

— Je te parle de la lamentable erreur d'orientation de ton fils, d'un incroyable gâchis de dons et tu me propose du thé ?

— Jean-Mi a fait son choix. Je...

— Comme si un garçon de son âge était capable de savoir ce qui lui convient. C'était à toi de choisir pour lui.

C'est tellement énorme que je ne trouve pas un mot à répliquer. Mon amie continue à discourir, mais finalement, le manque de contradiction ralentit son élan. Tournant court, elle conclut d'un ton abrupt :

— C'est profondément triste.

Ce qu'elle dit là, elle le pense vraiment. Et j'en suis peinée pour elle. Après cela, la conversation se poursuit cahin-caha jusqu'au moment où ma visiteuse se dresse et annonce :

— Je m'en vais.

C'est raté, elle ne me parlera pas de mon texte. Essayant de cacher mon amertume, je l'accompagne dans le vestibule en disant :

— Il faudra que tu viennes déjeuner un dimanche pour voir les enfants.

— J'espère que Martine n'a pas de puces ?

— Sois tranquille.

«C'est un vrai chameau», dira ma fille lorsque je lui répéterai ces propos. Et je ne suis pas loin de partager son opinion.

Je pénètre dans le vestiaire pour prendre son trench. Josué tourne vers moi un œil plein d'espoir sait que sa pénitence va prendre fin.

Paule enfile le vêtement avec une brusquerie habituelle, noue son foulard à la diable.

— A propos, j'ai vu hier le rédacteur en chef de la revue historique à laquelle je collabore.

— Ah !

Faisant un effort, j'ajoute :

Le numéro spécial consacré à Mme de Sévigné va-t-il bientôt paraître ?

Cet été, Paule a passé plusieurs semaines en Bretagne, pour rédiger une étude sur la vie de la marquise aux Rochers.

— Il ne s'agit pas de ça, fait-elle avec impatience. Ta nouvelle lui plaît ; il la prend.

— Quoi ? Quelle nouvelle ?

— Ta nouvelle, évidemment. De temps à autre, il publie de petites choses de ce genre. Il trouve la tienne bien faite, bien documentée.

— Je... grâce à toi, Paule. Oh ! C'est magnifique ! Je n'arrive pas à y croire. Dire que je m'impatientais, que je la traitais de chameau ! Non seulement elle a lu ce texte, qui ne présente pour elle qu'un très mince intérêt, mais elle s'est donné la peine de le recommander. Ah ! Marie-Thérèse, tu devrais apprendre à juger les gens moins vite et moins sévèrement !

— Oh ! Paule, que tu es gentille ! Comment te remercier ?

Je l'embrasse sur les deux joues, avec une effusion doublée de contrition. Elle se laisse faire et paraît même touchée de ma reconnaissance.

— C'est pour cela que tu es venue ?

— Entre autres.

Pourquoi a-t-elle attendu la dernière minute pour m'annoncer cette bonne nouvelle ?

— Naturellement, j'ai éliminé les erreurs les plus criantes.

— Il y en avait beaucoup ?

Elle fait un geste vague. Bon, il ne devait pas y en avoir tant que cela. Je reprends avec chaleur :

— Sans toi, je ne serais pas parvenue à mener ce travail à bien, tu sais.

— C'est certain, rétorque-t-elle avec plus de conviction que d'amabilité.

Elle s'éloigne le long de l'allée envahie par les brumes du soir. Le vent secoue les fleurs sèches des hortensias. La grille claque, Paule s'en retourne vers son appartement bourré de livres, cet appartement de célibataire où l'on chercherait en vain la moindre trace de féminité. Après tout, si elle est heureuse ainsi, pourquoi pas ?

Je range la vaisselle, les biscuits et guette le retour des enfants avec impatience. J'ai bien du mal à attendre que nous soyons tous trois réunis pour annoncer la nouvelle.

— Oh ! Chaleur ! s'écrie Martine. Est-ce que c'est bien payé ?

— Je ne sais pas.

— Ce qui compte, intervient Jean-Mi, c'est d'être publié dans une revue de ce niveau.

— En partie grâce à ton idée, mon grand. Si tu n'avais pas découvert que Paule souffrait du complexe de M. Perrichon, je n'aurais jamais songé à demander son aide.

... Ni à écrire ce texte, sur lequel j'ai sué sang et eau !

— Tu vas en faire d'autres ?

— Pas tout de suite, dis-je avec une précipitation qui le fait rire.

CHAPITRE VII

L'automne épiscopal en manteau violet
Sur l'échafaud du soir eut la tête tranchée
Sur son dernier chemin,les feuilles en jonchée
Formaient un tapis d'or somptueux et douillet...
Et la neige a couvert le grand corps de l'automne...(1)

A grands coups de râteau, Jean-Mi et moi détruisons le tapis d'or. La journée est belle, saupoudrée d'une légère brume bleue. Quelques roses jaunes s'attardent encore près des touffes de chrysanthèmes et d'asters. Cela sent le champignon, la feuille pourrissante, la terre mouillée.

Déjà, certaines branches se silhouettent, toutes noires sur le ciel pâle. D'autres gardent encore quelques feuilles, lambeaux d'une splendeur presque défunte.

— La dernière brouette, annonce mon fils, satisfait que le tas de compost prenne du volume.

Appuyée sur le manche du râteau, je promène autour de moi l'œil satisfait du travailleur qui a mené sa tâche à bien. Allées, plates-bandes et pelouses nettoyées, le jardin a encore un air

(1) A.-B. Delahaye.

pimpant. Bientôt, il entrera en sommeil..

Jean-Mi revient, poussant la brouette vide. Josué s'enfonce dans les buissons, sur une piste illusoire.

— On ne voit plus Evelyne.

J'ai tergiversé avant de risquer cette remarque. La physionomie du garçon se rembrunit ; il se détourne et resserre, sans nécessité me semble-t-il, le lien de raphia autour d'une constellation d'asters violets.

— Tu ne la verras plus.

— Vous vous êtes disputés ?

— Evidemment. Elle est to-ta-le-ment irréaliste. Dans son esprit, nous devrions continuer J.T.N.(1) à nous deux.

Il a souffert de devoir mettre fin à cette association écologique, qui, après un bon départ, s'est doucement désagrégée.

Je cache ma satisfaction. Gentille, bien élevée, très snob et dotée de parents plus snobs encore, Evelyne n'est vraiment pas la femme que je souhaite pour mon fils.

— En plus, elle était jalouse.

— De Nuanh ?

Les traits de mon compagnon se contractent imperceptiblement. Très réservé, il n'évoque jamais la jeune Vietnamienne qu'il a aimée, qu'il aime sans doute encore.

— Il aurait fallu que je me consacre uniquement à J.T.N. Il n'y a pas que cela qui compte, tout de même.

Je revois Evelyne lors de sa dernière visite, le visage enlaidi par la colère, disant : «Ta maudite Chinoise !» avec une intonation qui ne laisse aucun doute sur ses sentiments.

— Te consacrer à J.T.N. ou à elle ?

— Les deux, fait-il avec une ombre de sourire. Vais-je profiter de l'occasion pour tâcher de savoir s'il souffre encore ? Jamais il ne s'est exprimé clairement sur ce sujet.

---

(1) Jeunesse et Terres Nouvelles.

— Penses-tu encore à Nuanh ?

Ses doigts se referment sur le marron d'Inde qu'il faisait sauter dans sa paume, ses traits se figent et ses yeux prennent ce reflet gris granit qu'il tient de maman. Précipitamment, j'ajoute :

— Ne me réponds pas si tu n'en as pas envie. Tu sais bien que je ne te demande pas ça par curiosité.

Allons-nous en rester là ? Je voudrais tant le consoler ! Lui dire... Que peut-on dire à un être qui s'est donné tout entier ? Qu'il oubliera ? Cela lui semblerait presque blasphématoire.

Mon fils se lève, lance le marron à travers la pelouse tandis que Josué s'élance à sa poursuite.

— Ce n'est pas facile, dit-il. Viens, Josué, apporte...

Le sujet Nuanh est clos. Apparemment détendu, le garçon observe Josué, qui ne met aucun enthousiasme à rapporter le marron.

— Il vieillit.

— Oui. Le jour où il mourra, cela fera un drame. Tous deux, nous regardons l'animal encore haletant. Existe-t-il un paradis pour les bêtes ?

Si l'hiver va droit son chemin,
Vous l'aurez à la Saint-Martin
S'il tardait un seul instant,
Vous l'aurez à la Saint-Clément
S'il trouve son chemin barré,
Vous l'aurez en avril ou mai.

Saint-Martin nous dispense la douceur de son fugitif été. Jean-Mi revient du potager, la mine satisfaite ; les semis sont prometteurs.

— Mamé n'est pas encore là ?

Martine est allée chercher sa grand-mère à Asnières et il n'a pas très bonne opinion de ses talents de conductrice. A tort d'ailleurs. Pour ne pas m'inquiéter, il ne dit rien mais son expression est éloquente. Josué se dresse dans son panier. Pourtant on n'entend pas le plus léger bruit de moteur.

— La voilà ! dit Jean-Mi avec soulagement.

Quelques instants plus tard, Désirée stoppe devant la maison.

J'accueille Madame-Trop, tandis que ma fille clame :

— Allez, mamé, avoue que je conduis bien.

— C'est exact.

Ma pouliche lance un coup d'œil triomphant à son frère et reprend :

— Vise l'horloge. Est-ce que tu la reconnais ?

Il a fallu des kilos de cire pour lui rendre son éclat. Le mouvement régulier du balancier a quelque chose d'envoûtant. L'autre jour, j'ai surpris Josué, assis face au hublot de verre, suivant de la tête le va-et-vient du disque de cuivre. Quant au tic-tac, il emplit la maison de sa présence, lui donnant une voix.

Elle est super, hein ! insiste Martine.

— Si elle vous plaît, tant mieux, répond ma belle-mère, insensible à la beauté de l'horloge comme à sa poésie.

Martine pousse un dramatique soupir mais, sur un signe de ma part, elle n'insiste pas. Je sers les jus de fruits et la conversation s'engage, assez difficile car nous n'avons guère de points communs. Si elle s'intéresse sincèrement à nous, ma belle-mère n'admet pas que ses petits-enfants aient choisi des métiers manuels. Martine a encore sur le cœur le : «Pourquoi pas balayeuse de rues ?» dont sa grand-mère a accueilli l'annonce de son choix.

Tout cela tend parfois un peu l'atmosphère et, pour ma part, j'ai la même impression que le patineur qui évolue sur une glace trop mince. D'autant que, si Jean-Mi est plein de tact, sa sœur cultive volontiers la gaffe.

— Hier après-midi, j'ai eu le plaisir de recevoir la visite de votre père, annonce notre invitée en dépliant sa serviette.

Son contentement est visible. Papa et elle s'entendent fort bien et il a dû être ravi de la voir si confortablement installée.

— Comment qu'il a trouvé ta piaule ? lance étourdiment Martine.

— Pardon ?

— Comment bon-papa a-t-il trouvé ton appartement ? traduit ma pouliche.

— Très bien. Très astucieux.

— Un truc comme ça, ça lui plairait. Mais pas à Thérèse.

Se retirer dans une résidence du troisième âge, pour maman, équivaudrait à une déchéance. Et pourtant !

Ma belle-mère ne bronche pas. Elle m'agace souvent, mais je dois reconnaître qu'elle cache sous sa froideur une charité, une discrétion que je pourrais lui envier. Jamais une critique acide, jamais un mot d'ironie ou d'aigreur. Si elle rend service à quelqu'un, elle le dissimule soigneusement.

— A propos, j'ai reçu des nouvelles de Guillaume.

Nous relevons tous les trois la tête d'un même mouvement. Le filleul de ma belle-mère n'est pas en odeur de sainteté parmi nous, quoique Martine lui trouve un certain charme depuis qu'il lui a adressé quelques compliments faciles.

— Il revient ?

— Non. Il m'a envoyé un chèque, pour que j'achète quelque chose d'utile.

— C'est gentil, murmure Jean-Mi avec réticence.

— Il est gros, ce chèque ? questionne sa sœur.

— Martine !

Je la foudroie du regard. On n'a pas idée de se montrer aussi indiscrète. Elle écarquille des yeux innocents et se livre à toute une mimique signifiant : «Ben quoi ? Je peux tout de même demander ça à ma grand-mère.»

— Deux cents dollars canadiens, annonce Madame-Trop,

impassible et sans doute pas fâchée de nous montrer la générosité de son filleul.

Dans le silence qui suit, je me demande non sans malaise si cet argent a été honnêtement gagné.

CHAPITRE VIII

L'est déprimante Mamé, pas un mot sur tes soufflés, qu'étaient extra. L'horloge, son horloge, elle en a que dalle. Vrai c'est pas délire.

Debout, face au lave-vaisselle qui tourne à plein rendement, ma fille exhale son amertume tout en enroulant une de ses mèches sur son index.

— Tu aurais dû t'abstenir de parler argot devant elle.

— Quel rapport ? Parce que j'ai parlé de sa piaule, ça lui aurait coupé l'appétit ? Allez, laisse béton.

— Hein ?

— Laisse tomber, traduit-elle d'un air lassé. Quand je pense... Fait beau, y a du soleil, on lui propose un tour de jardin et elle dit non. Tout sec. Pfff....

— Moi aussi, je dois dire que cela me choque, avoue Jean-Mi. Il doit surtout se sentir vexé que sa grand-mère ne montre aucun intérêt pour ses fleurs et surtout pour son potager.

— Si la nature ne l'intéresse pas, c'est son affaire.

— Toi, m'man, tu excuses toujours tout, ronchonne Martine.

— On ne peut pas couler tout le monde dans le même moule. Ce que je ne leur avouerai pas, c'est que ce dimanche m'a fatiguée. Recevant ma belle-mère, je suis restée sans cesse sur mes gardes. Avant son arrivée, j'ai passé l'inspection, pourchassant un grain de poussière, rectifiant le pli d'un rideau, peignant les franges du tapis. Heureusement, tout en n'aimant pas les animaux, elle accepte la présence de Josué, à l'inverse de maman et de mon amie Paule, qui exigent que je l'enferme au vestiaire. Cela me choque mais qu'y puis-je ?

Pour l'instant, trouvant qu'on ne s'est pas assez occupé de lui, le chien boude, malgré les cajoleries de Martine, qui ne manque pas de souligner qu'en plus de son manque d'intérêt pour la nature, sa grand-mère n'aime pas les bêtes et que ça fait vraiment beaucoup pour une seule personne.

— Encore heureux qu'elle tolère Saturnin, glisse malicieusement son frère.

— Manquerait plus que ça !

Un à un, je plonge les verres de cristal dans l'eau chaude. Ma fille suit mes mouvements d'un œil noir ; elle n'a pas encore digéré que les pièces fragiles et les casseroles doivent être lavés à la main.

— Que pensez-vous du cadeau de Guillaume ?

— C'est très gentil, déclare promptement Martine. Y a du bon en lui.

Elle ponctue ces mots d'un coup d'œil de défi. Jean-Mi essuie méticuleusement le verre que je lui ai donné avant de dire :

— Oui, c'est gentil. Mais...

— Naturellement, Avec toi, y a toujours un mais. Surtout quand il s'agit de ce pauvre Guillaume.

— Ce *pauvre Guillaume* a failli être arrêté par la police.

— Les bavures, ça existe, non ?

— Assez ! dis-je en me bouchant les oreilles.

Un silence tombe, traversé d'ondes coléreuses. J'attaque la première casserole.

— Ce que je me demande, c'est si cet argent a été gagné honnêtement.

— Exactement comme moi, triomphe mon fils. Les antécédents de ce pauvre Guillaume, c'est une question qu'on est en droit de se poser. Et je parie que Mamé y a pensé.

Se tournant vers moi, il enchaîne :

— Tu te souviens, le jour où il m'a conseillé de chiper le disque qui me faisait envie ? Venant d'un adulte, le conseil me semblait avoir du Poids. Il a fallu que tu m'expliques qu'il s'agissait d'un vol pur et simple.

Je me souviens aussi d'avoir passé un savon à celui que j'avais baptisé la Brebis galeuse.

Martine qui était prête à se rebiffer, reste muette. Elle n'a jamais rien su de cette histoire, qui souligne l'amoralité du personnage, et je lis la déception sur sa physionomie.

Le drame d'Augustin m'a secouée plus que je ne le croyais.

Presque chaque nuit, je fais des cauchemars. Le thème ne varie guère : Augustin surgit, menaçant. Il fouille la maison à la recherche de sa femme, renverse les meubles, casse les bibelots. Parfois, Martine est présente et je tremble pour elle. Le plus souvent, je me trouve seule en face du dément, dont les mains finissent toujours par se tendre vers ma gorge. J'essaie en vain de crier. Je tente de fuir mais j'ai beau me démener, je reste sur place. Quelque part dans mon subconscient, une voix crie : «Eveille toi !» et je fais de frénétiques efforts pour sortir du sommeil.

J'y parviens généralement, mais, ensuite, je n'ose plus fermer les yeux car je sais, je sens que le cauchemar reste tapi quelque part, n'attendant qu'une seconde de lassitude de ma part pour me ressaisir dans ses tentacules.

La nuit dernière, exaspérée de lutter à la fois contre le sommeil et le retour du mauvais rêve, je suis descendue à la cuisine sur la pointe des pieds et ai bu une tasse d'infusion à la fleur d'oranger.

En traversant le corridor, j'ai entendu un léger jappement. Josué tenait à me signaler qu'il veillait. J'ai fait «Chut !» et suis remontée en essayant de ne pas faire craquer les marches. Le murmure cadencé de la pendule emplissait le silence ; on aurait dit le cœur de la maison qui battait.

Au moment où j'atteignais le couloir de l'étage, une porte s'est ouverte. Jean-Mi a surgi, pieds nus, cheveux ébouriffés.

— Il me semblait bien avoir entendu du bruit. Que se passe-t-il ?

— Rien, ai-je répliqué en essayant de prendre un air dégagé. J'avais simplement soif.

— Pourquoi n'as-tu pas pris de l'eau à la salle de bains ?

— Parce que j'avais envie d'une boisson chaude.

Sourcils froncés, il m'a examinée, flairant quelque chose d'anormal. Sa sœur aurait dit : «Ça tourne pas rond chez toi. Tu te promènes jamais comme ça. Qu'est-ce que t'essaies d'occulter ?»

Lui se taisait mais je me sentais palpée par d'invisibles antennes et cela me mettait fort mal à l'aise.

J'ai murmuré : «Bonne nuit» et me suis glissée dans ma chambre comme une coupable.

Ce matin, pendant le petit déjeuner, Jean-Mi m'a demandé si cela m'arrivait souvent de me lever la nuit pour boire de la tisane.

— Jamais, ai-je répondu en toute sincérité.

— Alors, pourquoi...

— Tu ne sais donc pas encore que les femmes sont des êtres capricieux ?

— Pas toi.

— Moi comme les autres.

L'entrée bruyante de sa sœur – en retard, comme d'habitude – a détourné son attention. Je l'ai vu partir avec soulagement.

Ce soir, j'espère qu'il ne pensera plus à cette histoire et que je passerai une nuit sans cauchemar.

Martine part à son tour, non sans oublier son écharpe. Il fait un véritable temps de novembre : ciel bas, brouillard piquant, vols d'oiseaux noirs sur fond de nuées grises, chute lente de quelques feuilles, pépiement mélancolique d'un invisible rouge-gorge.

Aujourd'hui, c'est jour de lessive. La machine tourne dans la buanderie ; un second panier, bien rempli, attend son tour. Essorage, séchage, repassage des pièces délicates, j'en ai au moins jusqu'à une heure de l'après-midi.

Le transistor diffuse un air de danse agréable à écouter. Ensuite, journal parlé avec son habituel cortège de sang, de drames, d'hypocrisies et d'horreur.

J'écoute d'une oreille, jusqu'au moment où le speaker annonce l'évasion d'un criminel dangereux (existerait-il des criminels non dangereux ?).

Ayant mal compris les premiers mots, j'ignore de quelle prison l'homme s'est évadé. Par contre, j'entends fort bien qu'il semble avoir été vu dans la région parisienne.

C'est vaste, la région parisienne. Cependant, cette annonce suffit pour que mon imagination prenne le mors aux dents.

Je vois le fugitif, hirsute, la figure hérissée de barbe, la mine farouche, prêt à tuer pour conserver cette liberté si dangereusement reconquise. Vais-je aller fermer la grille à clé ?... De quoi aurais-je l'air si quelqu'un venait ?...

Le transistor diffuse une chanson rétro :

Je t'ai rencontré simplement
Et tu n'as rien fait pour chercher à me plaire
Je t'aime pourtant...

pendant que je fixe la clé de la grille d'un œil indécis.

Lorsque Augustin a sonné à la porte, j'ai été ouvrir, bêtement, malgré les aboiements de Josué qui savait, lui, malgré les risques que je connaissais. Vais-je refaire la même sottise ?

Pendant que je tergiverse, partagée entre la frousse et le respect humain, une ombre furtive passe devant la fenêtre. Saisie, je fais un brusque mouvement ; mon coude heurte une assiette, qui glisse, tombe sur le sol et se brise avec fracas.

— Ah ! Mon Dieu ! s'écrie une voix au-dehors.

Deux secondes plus tard, Lucie fait irruption dans la cuisine. Penaude, je rassemble les débris de l'assiette en bredouillant ;

— Ce n'est rien. Rien du tout. Bonjour, Lucie. Je suis rudement contente de vous voir.

CHAPITRE IX

Ça y est, crie Martine. J'ai vu les G.D.F.

— Qu'est-ce que tu racontes ?

— Les G.D.F. Les gens d'en face. Les nouveaux voisins, quoi !

— Pourquoi ce sigle ? dis-je, un peu vexée. C'est ridicule.

— Ben non, c'est pas ridicule. Les gens d'en face ou les nouveaux voisins, ça fait trop long.

Génération pressée. On ne prend plus le temps de construire une phrase. On abrège, on fabrique des sigles, tellement de sigles qu'il faut être de la partie pour s'y retrouver.

— Admettons. A quoi ressemblent-ils, nos nouveaux voisins ?

— Plutôt bcbg. Je les ai vus monter dans une Toyota bien briquée. A vue de nez, la trentaine tous les deux.

Tout en parlant, elle retire sa veste, la lance sur la banquette, dénoue son écharpe, jette ses gants et son trousseau de clés sur la veste et se dirige vers la salle de séjour.

— Veux-tu ranger tes vêtements, s'il te plaît.

— C'que t'es contraignante ! On n'est pas au bagne !

Les yeux au ciel, elle fait demi-tour, empoigne tout ce qu'elle a abandonné et se dirige vers le vestiaire en poussant d'énormes soupirs. Son trousseau de clés tombe sans bruit sur le tapis. Elle ne s'en aperçoit pas et, refrénant mon premier mouvement, je garde le silence.

Un instant plus tard, ma fille me rejoint, suivie par Josué.

— Bon, je disais ?

— Toyota bien briquée. La trentaine tous les deux.

— Ils ont le look clean. Lui a plutôt l'air d'un ex cathedra. De toute façon, le genre intello... Bon qu'est-ce qu'il y a encore ?

— Il y a que je n'ai rien compris. Voudrais-tu prendre en considération le fait que je ne suis pas branchée dix sur dix et traduire ce que tu viens de dire.

Elle rit, avec une pointe de suffisance amusée, qui m'agace un peu.

— Facile. Ils s'habillent propre. Lui ressemble à un prof et ils ont le genre intellectuel. Pigé ?

J'ai parlé un peu sèchement mais elle ne s'en aperçoit pas et continue à babiller, à se demander quand les G.D.F. emménageront, s'ils ont des enfants, etc.

Brusquement, elle s'interrompt pour bondir à la fenêtre et, de là, à la porte.

— V'la ton copain. Je vais ouvrir.

Elle revient en compagnie d'Eric, qui semble tout réjoui d'être accueilli par elle.

Son sourire s'efface lorsque la jeune personne effleure son attaché-case d'un escarpin dédaigneux et profère :

— Bof ! C'est ringardo, ce bidule.

— Pourquoi ?

— Si vous voulez être branché, vous faut une serviette en cuir. D'autruche, de préférence.

L'air ahuri de l'arrivant m'arrache un rire où il entre une pointe de satisfaction perverse.

— C'est ainsi, mon cher Eric. Nous sommes dépassés. Bons pour le placard à balais.

— C'est géant, ton truc ! Je le retiens.

Martine s'éclipse en répétant : «Bon pour le placard à balais», tandis qu'Eric me lance un coup d'œil perplexe.

Après un instant, il constate que je n'ai pas l'air contente. Lorsque je lui réponds que ma fille m'agace, il proteste :

— Elle est si mignonne.

— Oui, n'est-ce pas. Ton attaché-case est ringardo. Et nous également. Nous ne sommes plus branchés ; il faut tout nous expliquer ; c'est débile.

Je ricane, sors la bouteille de whisky, sers mon visiteur, que ma tirade a rendu muet.

— Prends-en un doigt, suggère-t-il.

— Tu penses que j'ai besoin d'un remontant ?

— Si tu te voyais ! Tes yeux sont de vrais lasers. Tu es furieuse, ma parole !

— C'est fini, dis-je en me ressaisissant. Allons, je m'offre une goutte de ton whisky.

Il est rudement bon, le whisky que mon vieil ami a apporté pour son usage et qui porte l'étiquette : « Réservé à Eric».

— Comment va ta femme ?

— Hier, elle s'est rendue au secrétariat de *Vivre comme avant*. Malheureusement, deux ans doivent s'écouler entre l'opération et l'inscription à ce groupement. Viviane est rentrée très déçue.

Après une longue apathie, la jeune femme avait décidé de faire partie de cette organisation, qui regroupe des opérées du cancer du sein et a pour but d'encourager, d'aider moralement et pratiquement celles qui, à leur tour, subissent cette mutilation.

Eric et moi nous étions réjouis de cette décision. Pourvu que Viviane ne se décourage pas ! Un retard de quelques mois peut parfois peser lourd.

— Physiquement, comment est-elle ?

— Pas trop mal. Ses cheveux commencent à repousser. Sais-tu qu'il m'a fallu des semaines d'insistance et de patience avant qu'elle retire sa perruque devant moi ?

— Elle la gardait la nuit ?

— Oui, le soir où elle s'est enfin décidée à l'enlever, je m'en suis emparé et l'ai mise sur ma tête. Viviane a eu un fou rire, le premier depuis...

Il se tait, passe un index frémissant sur sa moustache.

Ma gorge se serre et l'amertume éprouvée tout à l'heure me paraît soudain puérile.

Quelle somme d'amour et de courage il vous faut !

Je pense à Jacques Brel qui, face au cancer, disait que c'était tellement mieux que de «mourir insignifiant au fond d'une tisane». Et aussi : «Mourir n'est rien. Mais vieillir, ah ! Vieillir !...»

— Oui, dit Eric en se levant. Si on ne s'aimait pas, on n'y arriverait pas.

Il prend son attaché-case, l'examine, le tourne en tous sens d'un air pensif.

— J'espère que tu ne vas pas te laisser influencer ?

— De toute façon, il a fait son temps. Ne me regarde pas comme ça, Marie-Thé !

— Tu ne vas tout de même pas tenir compte de l'avis d'une gamine !

— C'est ta fille.

Pour lui, on dirait que ça explique tout, Secrètement touchée, je riposte en riant :

— Ma fille n'est pas parfaite, loin de là. Tiens, elle a même oublié de te féliciter de tes chaussettes à losanges. Il ne te manque qu'une chemise en soie pour être tout à fait classe !

Je l'accompagne jusqu'au seuil. Des volutes de brouillard s'enroulent autour des hortensias et du cytise.

En démarrant, Eric donne un léger coup d'avertisseur. Je reste un instant immobile, humant l'odeur des feuilles mortes, écoutant les bruits nocturnes amortis par la brume.

Un phare de bicyclette apparaît, suivi d'un autre phare, plus puissant. Jean-Mi ramène Lauriane, la future restauratrice de tableaux, délaissée par une mère biologiste et un père remarié depuis des années.

Automatiquement, je calcule : le potage, ça ira. Par contre, le petit salé aux lentilles risque d'être un peu court. Je vais faire une omelette aux fines herbes comme entrée.

— Bonsoir, ma petite Lauriane, dis-je à la jeune fille qui s'avance timidement.

— Madame, excusez-moi. Je ne voulais pas venir à l'improviste mais Jean-Mi a dit...

— Que lorsqu'il y en avait pour trois, il y en avait pour quatre, achève mon fils. N'est-ce pas, maman ?

J'attire la jeune fille à l'intérieur et, pour la première fois, pose un baiser sur sa joue. Aussitôt, ses yeux verts s'embuent. Pauvre petite fille, on ne doit pas l'embrasser souvent !

— Eric vient tout juste de partir, je suis en retard pour le dîner, dis-je en feignant de ne pas voir son émotion. Jean-Mi, veux-tu aller cueillir du persil et de la ciboulette s'il en reste ?

— Il fait noir comme dans un four. Tant pis si je te rapporte du séneçon au lieu de persil !

Sur ces mots, il prend la torche électrique et sort. Je me tourne vers sa camarade, qui se débarrasse de son blouson.

— Toi, Lauriane, tu vas dresser la table. Tu veux bien ?

Je l'ai tutoyée sans réfléchir et ne m'en rends compte que devant le frémissement de ses lèvres, le battement rapide de ses paupières pareilles à des pétales d'anémone.

— Oh ! Oui, madame ! fait-elle avec un élan totalement disproportionné. Tout ce que vous voudrez.

CHAPITRE X

Tu as fait la conquête de Lauriane, me confie Jean-Mi quelques jours après la venue impromptue de sa camarade.

— Ce n'était pas très difficile.

— Tu crois ? Elle est farouche et méfiante, tellement elle a peur d'être déçue.

J'admire une fois de plus la perspicacité dont il fait preuve. Je n'avais pas songé qu'affectivement abandonnée par des parents divorcés, vivant avec une mère qui croit – sans doute de bonne foi – qu'il suffit de lui donner de l'argent pour la rendre heureuse. Lauriane n'ose pas aller plus loin que des rapports superficiels.

— Elle a trouvé formidable que tu lui demandes de dresser la table.

— Parce que c'était la mettre sur le même pied que mes enfants ?

Il approuve d'un signe de tête. Est-ce que l'intérêt tout amical qu'il porte à la jeune fille l'aide à se détacher peu à peu de Nuanh ? S'il s'agissait de sa sœur, je n'hésiterais pas à lui poser la question et il est d'ailleurs probable qu'elle m'en parlerait la première.

Lui, il est tellement réservé, tellement sensible sous des dehors un peu froids, que je ne sais jamais sur quel pied danser.

Assis en face de moi, il s'empare du numéro des Veillées que je viens de recevoir.

Naturellement, il ne lit ni les romans ni les nouvelles (pas même les miens !). Par contre, il s'intéresse aux «Petites fleurs de mon jardin» et parfois à «La Rose des Vents», non sans se livrer à des commentaires typiquement masculins, et machistes, selon sa sœur.

Ce soir, il lit la «Porte ouverte» avec beaucoup d'attention. Lorsqu'il a terminé, il reste longtemps songeur.

Je finis par questionner :

— Qu'en penses-tu ?

— C'est vraiment bon. Clair, profond sans être obscur, traitant une seule idée à la fois et la traitant bien.

Ses yeux gris se posent sur les bûches et le menu bois préparés pour une flambée. Ainsi, le visage à demi détourné, il ressemble si fort à son père que j'ai envie de lui dire : «Ne bouge pas. Laisse-moi rêver quelques secondes qu'il est revenu...»

— Dommage que, le dimanche, on ne nous donne pas une homélie de ce genre-là plutôt que le bla-bla politico-socio-caritatif qui est censé nous interpeller.

— Tu exagères. On nous parle moins de politique qu'il y a quelques années.

— Soit. Mais reconnais qu'en général ces exposés sont trop longs, peu clairs – sans doute parce que ceux qui les font n'ont pas les idées claires – et traitent non pas d'un seul sujet mais de plusieurs. Avec pour résultat que tout est effleuré et que celui qui écoute ne s'y retrouve plus.

Il a souvent discuté ce point avec l'abbé Vaneste qui lui donne raison, non sans tristesse.

— Qu'on nous parle de l'Evangile, brièvement, clairement et à fond. On ne nous le commentera jamais assez.

— Je sais. Nous oublions si vite.

Le vent grommelle dans la cheminée. Ce matin, les dernières feuilles gisaient, toutes crispées, sur l'herbe poudrée de fins cristaux de gel. Mon fils sort de sa poche un papier qu'il déplie :

— Cela me fait penser que j'ai découpé ce texte la semaine dernière. Il s'agit d'un poème écrit au Malawi (1).

Mes frères,
J'avais faim et vous avez fondé un club à but humanitaire où vous avez discuté de ma faim.
J'étais en prison
et vous vous êtes glissés à l'église, priant pour ma libération.
J'étais nu
et vous avez étudié les conséquences morales de ma nudité.
J'étais malade
et vous avez remercié Dieu de vous avoir conservé la santé.
J'étais sans toit
et vous m'avez dit d'avoir confiance en Dieu.
Vous semblez si près de Dieu...
Mais moi j'ai toujours faim, je suis toujours seul, nu, malade, prisonnier et sans toit.
J'ai toujours froid...

Maman est passée en coup de vent, coiffée d'un feutre à larges bords, portant avec chic un manteau anthracite très épaulé.

— Montre-moi ce lave-vaisselle... Il te plaît ? Bien.

Elle balaye mes remerciements d'un revers de sa main gantée, repousse Josué du pied.

(1) Etat d'Afrique orientale.

— Je n'ai pas le temps de m'asseoir. Il faut que je sois à Paris à dix heures. Ton père vient déjeuner.

— Toi aussi, j'es...

— Puisque je te dis que je vais à Paris. Je déjeune avec le directeur de la galerie le Grand Foc. Il me doit bien ça, ajoute-t-elle avec un rire acide.

Quoiqu'elle en dise, elle n'a pas digéré le semi-échec de son exposition de tableaux.

— La semaine prochaine, je fais un saut à Londres. J'ai obtenu que le catalogue de l'exposition soit imprimé chez Volant.

Le sourire protecteur, presque dédaigneux qui accompagne ces paroles en atténue l'effet. Vraiment, on jurerait qu'il s'agit là d'une faveur !

Devant mon manque de réaction, maman s'étonne :

— Tu ne dis rien ?

— Que veux-tu que je dise ?

Un éclair de colère passe dans ses yeux gris granit. Ses talons martèlent sèchement le sol.

— Ton père s'est montré reconnaissant, lui.

— Pourquoi ? Il me paraît naturel que ce catalogue soit tiré dans votre imprimerie.

Il est rare que je l'affronte ainsi. En général, je me tais, j'avale les couleuvres sans protester, aussi ma riposte la surprend-elle. Haussant les épaules, elle lance un sec au revoir et s'en va sans se retourner.

Naturellement, après son départ, j'éprouve des remords qui durent jusqu'à l'arrivée de papa, chargé de deux bouteilles de riesling et de cinq truites fumées.

— Deux pour ce midi, trois pour ce soir. Ne te fâche pas, ma chérie, j'en avais envie.

— Quel égoïste ! dis-je en riant.

— Tu as vu ta maman ?

— Elle m'a annoncé que son catalogue serait imprimé chez toi.

Ma voix n'a pas une aspérité et je parviens même à prendre un air ravi. Mon père s'y laisse prendre et se frotte les mains.

— C'est tellement gentil de sa part.

Dans un sens, oui. Car c'est bien la première fois qu'elle procure une affaire à l'imprimerie Volant.

— Tu devrais venir voir ma nouvelle offset, reprend papa en attaquant sa truite. C'est quelque chose, tu sais. Mais...

Avec lui, il y a toujours un mais. J'attends donc la suite sans trop d'appréhension.

— J'ai dû faire un gros emprunt. De plus, j'ai dû engager un conducteur, un adjoint au conducteur et quatre aides.

— Six personnes ! Rien que pour faire marcher cette machine ?

— Imposées par les syndicats. J'ai d'abord cru à une plaisanterie. Mais non ! On m'a fait comprendre que c'était ça ou la grève.

— A part ça, Liberté, Egalité, Fraternité ! dis-je, suffoquée.

— Oui, ma chérie, approuve mon compagnon avec un demi-sourire.

Il me voit tellement indignée qu'il se dépêche de changer de sujet :

— Parle moi des enfants. Et reprends un peu de riesling.

— Jean-Mi a mené à bien, depuis le bouturage jusqu'à la floraison, l'élevage de quatre-vingts poinsettias, qui sont partis avant-hier chez les fleuristes. Il en a élevé un quatre-vingt-unième, que tu peux voir là...

— Magnifique ! s'exclame papa. Des bractées bien régulières, d'un rouge superbe. Tu lui feras mes compliments.

— Quant à Martine... Il faut que je te raconte sa dernière mésaventure. En transportant ses vêtements au vestiaire, après les avoir d'abord jetés sur la banquette du corridor, elle a laissé tomber son trousseau de clés. Elle ne s'en est pas aperçue et je n'ai rien dit.

— Tu es sadique ! déclare papa, mi-amusé, mi-choqué.

— Peut-être. Le lendemain matin, grand remue-ménage : «Où sont mes clés ? Peux pas démarrer sans mes clés ! Suis déjà en retard...» Je n'avais presque pas pitié d'elle. Finalement, j'ai fait mine de découvrir les fameuses clés. Sais-tu quel a été son commentaire ? «Ça sert à rien d'avoir de l'ordre, puisque je perds quand même mes affaires.» Textuel !

CHAPITRE XI

— Toi ! Enfin !

Le long silence d'Alain m'inquiétait. Lorsque Martine ou son frère s'étonnaient : «On ne voit plus Alain. Que se passe-t-il ?» j'affectais la tranquillité. Faisant son service militaire, Alain n'était plus aussi libre qu'auparavant.

Au fond de moi-même, je me sentais inquiète ; comment ce garçon trop gâté, trop délicat, s'adaptait-il à une vie rude, une discipline à laquelle il ne s'était jamais plié jusque-là ? N'allait-il pas faire une bêtise ? Tel que je le connaissais, il était capable de déserter. Le voilà enfin, en civil, bien sûr, souriant avec une pointe de réticence qui m'intrigue.

— Entre. Jean-Mi et Martine seront là dans une demi-heure. Viens me raconter tes expériences. Tu restes dîner, n'est-ce pas ?

— Volontiers.

Il me suit à la cuisine, se perche sur un tabouret et prend le jus de tomate que je lui tend.

— Je suis contente de te voir. Tu es resté si longtemps sans nous faire signe.

Il esquisse de nouveau un sourire ambigu et hésite avant de répondre :

— C'est que je vous en voulais à mort.

— A moi ?

Stupéfaite, je reste la louche dans une main, la casserole de potage aux poireaux dans l'autre.

— Dame ! C'est vous qui m'avez poussé à faire mon service. Croyez-vous que ce soit une partie de plaisir ?

— Il y a des tas de choses qui ne sont pas des parties de plaisir et qu'on fait quand même. Tout simplement parce qu'il faut les faire.

J'ai dû prendre un ton sévère car le garçon s'assombrit et feint de s'intéresser au contenu de son verre.

Au bout d'un moment, il reprend :

— Je vous ai maudite non pas dix fois mais cent fois. Vous rendez-vous compte que j'ai dû apprendre à faire mon lit de la façon réglementaire, à balayer, à entretenir mon fusil !

— T'a-t'on fait nettoyer les sanitaires ?

Il exécute un tel bond qu'il manque dégringoler de son tabouret :

— J'aurais refusé.

Je regarde ses mains, «des mains de fille» dit Martine pour le taquiner. Elles sont devenues moins fines ; les ongles, qui semblaient naguère manucurés, sont coupés presque ras et ont perdu leur éclat de coquillage. Des mains, je remonte au visage. Lui aussi a changé ; le menton, la bouche n'offrent plus ces courbes molles, le regard paraît plus direct.

— Tu m'en veux toujours ?

— Non, puisque je suis là.

— Tu t'es virilisé. Et je m'en réjouis...

— Le moyen de faire autrement ! Chaque matin deux ou trois kilomètres de cross. Ensuite les exercices, les corvées. J'aime autant vous avouer que je suis un pitoyable tireur.

Il vide son verre, croque une cacahuète.

La porte d'entrée claque, une voix lance : «Y'a personne dans cette baraque ?» et Martine fait son entrée. A la vue du garçon, elle devient toute rose. D'un geste bien féminin, elle porte la main à sa chevelure.

— Eh bien, dis donc ! Ce Martien-là, on connaît ?

Le sourire d'Alain s'efface, il la toise d'un air surpris et mécontent.

— Qu'est-ce que c'est que ce charabia ?

Vexée, elle se rebiffe :

— T'es plus branché, on dirait.

— Je n'ai jamais eu de goût pour ce genre de langage, tu le sais bien. C'est tellement enfantin.

Et vlan ! Martine s'empourpre, des éclairs jaillissent de ses yeux bleus. Avec une froide colère, le jeune homme poursuit :

— Ce n'est pas assez que tu fasses un métier en dessous de tes capacités ; il faut encore que tu t'alignes sur la masse pour ton langage et que tu abdiques toute personnalité.

— Dis donc, ça te réussit, le gauche-droite-une-deux. T'es même plus capable de parler à une nana !

Ils se font face, toutes griffes dehors, cherchant les mots les plus blessants. Je m'apprête à intervenir lorsque Jean-Mi paraît à son tour et jette un cri de joie. Martine en profite pour s'éclipser et je jurerais avoir aperçu une larme au coin de sa paupière.

Pendant le repas, Alain raconte ses expéditions. Martine l'observe entre ses cils, pas remise de sa violente sortie. Elle se rend compte qu'il a changé ; plus tard, elle s'en réjouira. Pour l'instant, je crois qu'elle le regrette, sans réaliser que le jeune homme n'a jamais apprécié son langage.

Le plus pénible était d'être commandé par une femme lieutenant, plus dure, plus exigeante qu'un homme.

— Jolie ? fait ma pouliche.

— Pas mal. L'uniforme marine va à ses cheveux roux.
— Bof ! Une rouquine !
— Une chevelure superbe. Un teint transparent.
— L'instruction dure combien de temps ? demande mon fils, que cela intéresse puisqu'il va bientôt faire son service militaire.
— Un mois et demi.
— Ce n'est pas terrible.
— Tu oublies les marches. Vingt-cinq kilomètres sac au dos. La première fois, je me suis retrouvé à l'infirmerie.
— Et la deuxième fois ? fait ma pouliche d'une voix trop douce. Tu as demandé à être exempté ?

Les yeux couleur de gentiane deviennent presque noirs. Alain réplique sèchement :
— L'ambulance m'a ramassé au dixième kilomètre.
Partagée entre la rancune la pitié et une pointe d'admiration, Martine montre une physionomie si particulière que j'ai du mal à garder mon sérieux.
Le sentiment ambigu qu'elle éprouve pour Alain s'est-il exacerbé durant cette longue absence ?
— Au début, je trouvais tout le monde rude et grossier. A présent, j'ai deux bons camarades et ça va mieux.
Il a dû cruellement souffrir de la promiscuité, des propos, des attitudes de certaines recrues et même de certains de ses supérieurs. Sans compter qu'on n'a pas dû faire de cadeau à ce jeune homme élégant, soigné de sa personne et un peu trop petit-chéri-à-sa-maman. Je le plains et, en même temps, je me réjouis car il avait besoin de sortir de son nid douillet.

J'ai téléphoné à Carole et l'ai trouvée un peu moins tendue. Elle a demandé sa mutation «n'importe où» alors que, précédemment, elle rêvait de revenir à la succursale de Saint-Germain ou, à la rigueur, dans nos environs immédiats.

Après ce qui s'est passé, elle ne veut plus s'appuyer sur moi. Cette réaction ne m'étonne pas trop, mais j'espère qu'elle s'atténuera avec le temps.

Carole n'a plus aucune famille, si elle retranche notre amitié il ne lui restera plus rien.

Du point de vue strictement humain s'entend, car il lui reste Dieu.

Seulement, on a beau avoir confiance, à moins d'être une sainte, Dieu est quand même terriblement éloigné et on éprouve le besoin d'une présence humaine.

Je n'ai rien dit de tout cela à Carole, d'autant qu'elle témoigne maintenant d'une fébrile impatience de quitter Créteil. Elle a pris son appartement en horreur, au point de vouloir liquider tous ses meubles. Ce qui signifie qu'elle veut effacer tout ce qui lui rappelle son mari.

Quand j'évoque ce malheureux, c'est toujours couché sur une civière, la camisole de force plus ou moins dissimulée sous une couverture. Si j'y pense un peu trop, je suis bonne pour un cauchemar la nuit suivante.

Je me lève et ferme les rideaux sur le crépuscule. La buée qui couvre les vitres annonce une nuit froide et peut-être un peu de gelée.

Demain, la terre sonnera sous les pas et les arbres entièrement dépouillés se silhouetteront en noirs squelettes sur le ciel.

Quoique durant jusqu'au 20 décembre, l'automne est bien mort.

Il a goûté au vin nouveau
Puis on l'a couché dans l'étable
Entre la jument et le veau :
Le lendemain l'eau était prise,

LES GENS D'EN FACE

Les feuilles avaient plu sous la gelée...
Prépare une flambée, j'attends
Le vieil hiver au regard franc (1).

(1) F. Viélé-Grifin.

CHAPITRE XII

A la fin de la matinée, un camion de déménagement s'est arrêté devant la grille de ceux que ma fille appelle les G.D.F. J'ai pensé à notre emménagement ici-même. Un bonheur, certes, mais quelles heures épuisantes passées à surveiller et diriger les déménageurs !

Nous avions étiqueté chaque caisse sur deux faces. Lorsqu'un homme se présentait en demandant : «Où faut-il la mettre ?», l'étiquette se trouvait invariablement contre sa tête ou à l'arrière. En même temps, d'autres déménageurs arrivaient, l'un avec un panneau d'armoire, l'autre avec deux chaises... Pierre et moi courions de l'un à l'autre, essoufflés, découragés, nous disant que rien ne serait terminé pour le soir. Heureusement, maman avait accepté d'héberger les enfants jusqu'au lendemain. Si nous les avions eus dans les jambes, je crois que nous serions devenus fous !

Et puis, miraculeusement, le chaos s'est ordonné. Vers quatre heures, les hommes sont partis, nous nous sommes retrouvés seuls, les meubles remontés à leur place, les caisses entassées là où elles devaient l'être à de rares exceptions près.

Nous avons travaillé comme des brutes, sans prêter attention à l'heure, jusqu'au moment où Pierre s'est effondré sur une caisse en parodiant Henri III : «Mon royaume pour un potage !» (1). Nous avions grignoté un bout de pain et un fruit vers midi, et il était neuf heures du soir.

Est-ce que les G.D.F. auront le temps et la possibilité de manger convenablement ? Si je leur portais du potage ?

Lorsque Jean-Mi revient du potager pour déjeuner (nous sommes samedi), je lui signale la présence du camion et évoque mes souvenirs.

— Je me rappelle que papa est venu nous chercher à Versailles. Je me sentais très excité à l'idée de vivre dans une maison entourée d'un jardin. Pour autant que je m'en souvienne, tout était en ordre. C'est loin, tout ça !

Oui, c'est loin. Pierre vivait et je n'imaginais pas que nous serions un jour séparés. Je m'appuyais sur lui ; il était la pierre d'angle, la poutre maîtresse.

Je ne m'en suis vraiment rendu compte que lorsque je l'ai perdu.

— Si j'invitais nos nouveaux voisins à dîner ?

— Pourquoi pas ? A ta place, j'attendrais quand même que les déménageurs soient partis pour y aller.

J'acquiesce ; inutile d'arriver là-bas quand tout est sens dessus dessous. Jean-Mi se lève et annonce :

— Je vais chercher Lauriane pour une balade à Versailles. Je rentrerai vers cinq heures.

Une des premières fois qu'il est sorti avec Nuanh, il l'a emmenée au Potager du Roi. Y pense-t-il tandis qu'il monte à l'étage pour se changer ?

(1) «Mon royaume pour un cheval.» Shakespeare.

Une jeune femme en jean, les cheveux cachés sous un foulard, l'air un peu hagard, répond à mon coup de sonnette.

Derrière elle, le corridor est encombré de caisses et de petits meubles.

— Bonjour. Je m'appelle Marie-Thérèse et je suis votre voisine d'en face.

— Bonjour. Je suis Catherine Menier.

Le ton est poli mais, mentalement, elle doit m'envoyer à tous les diables.

— Me souvenant de notre propre déménagement, je vous propose de dîner chez nous. Tels que vous êtes et tout simplement.

Cette fois, le visage fatigué et crispé s'éclaire mais la jeune femme hésite encore, aussi je m'empresse de préciser que je n'ai pas mis les petits plats dans les grands. Il y aura du potage, du pain de veau, des salsifis et une tarte aux pommes.

— Je vous attends à sept heures trente. Et si, entre-temps, vous avez besoin de quoi que ce soit, n'hésitez pas à traverser l'avenue.

— Est-ce que tous les voisins sont aussi gentils que vous ?

— Bien sûr, dis-je, pensant à l'abbé Vaneste et aux Rozier.

Je rentre et, lorsque Martine revient de la *Bonbonnière*, je la mets au courant. Elle pétille immédiatement de curiosité et me bombarde de cent questions, auxquelles je suis incapable de répondre.

— Sale journée, avoue-t-elle un peu plus tard. J'ai failli être mordue par un berger allemand, un pékinois a fait pipi sur mon tablier et la maîtresse de Montézuma-des-Prairies, un chihuahua primé, m'a traitée d'idiote parce que j'avais mis le manteau du chou-chou à l'envers.

Malgré ces mécomptes, le travail lui plaît. Elle a même eu l'autre jour cette réflexion éminemment sensée :

— Après tout, y a un os dans tous les métiers, s'pas ? Même le président de la République, y a des jours où y doit en avoir ras le bol.

Dès qu'elle entend sonner les G.D.F., elle se précipite :

— Bienvenue à la casa Brugeois. Moi, c'est Martine. Voilà Jean-Mi, mon frangin, horticulteur réputé, écolo enragé. Maman, vous la connaissez, elle vous a sûrement pas dit...

Je la coupe précipitamment car je sais qu'elle va parler de mes romans :

— Le curriculum vitae est suffisant.

Catherine Menier semble un peu ahurie. Son mari Hugues, examine ma pouliche avec un mélange de surprise et d'amusement. Nous passons à table et je sers le potage au cerfeuil.

— Nous avons souvent admiré votre jardin, commence Catherine Menier. Vous devez avoir un bon jardinier.

Martine glousse de joie. Son frère se redresse :

— Nous faisons tout nous-mêmes.

— Pas possible !

— Mais si. Simple question d'organisation. A propos...

Se tournant vers Hugues Menier, il enchaîne :

— J'espère que vous n'avez pas l'intention d'abattre des arbres

— Si quelques-uns

— Vous ne pouvez pas faire cela, s'écrie Jean-Mi avec passion. Songez qu'il faut au moins trente ans pour obtenir des marronniers, des acacias et des épicéas comme les vôtres.

En bon écologiste, il développe longuement le thème, pendant que nos hôtes vident leur seconde assiette de potage. Ses arguments, pollution, massacre de la nature, départ des oiseaux, etc., sont convaincants. Il conclut :

— Je comprends que vous abattiez le frêne qui s'élève près de votre maison. Pour le reste, élaguez si vous voulez mais, pour l'amour du ciel, ne coupez pas. En été, vous serez contents d'avoir de l'ombre. En hiver, les épicéas vous protégeront du vent d'est.

— Les petites aimeront grimper aux arbres, glisse sa femme.

— Vous avez des enfants ?

— Deux filles, de dix et huit ans. L'aînée est un peu garçon manqué.

Au fil de la conversation, nous apprenons que la famille a vécu jusqu'à présent dans un appartement du quartier Montparnasse, à Paris. Lui est agent de transit chez un transporteur ; elle travaille au secrétariat d'une clinique privée de la rive droite.

— Jamais nous n'aurions pu acquérir cette maison si ma belle-mère, devenue veuve, n'avait mis une somme d'argent à notre disposition et proposé de vivre avec nous.

— Nous avons arrangé pour elle la pièce d'entresol, explique son mari. Ainsi, elle sera indépendante.

Peu à peu, ils se détendent. Comme je l'avais prévu, cette halte, ce repas chaud leur font du bien.

— Je me sens de taille à travailler toute la nuit, déclare Hugues Menier en prenant congé. Merci de nous avoir invités. C'est tellement gentil.

— Ma mère est super, proclame Martine.

— Et ma sœur parle très mal, soupire Jean-Mi.

— Oh ! Toi, le puriste !

J'ai remarqué – sans le dire tout haut – que depuis la visite d'Alain elle met une légère, très légère sourdine à ses fantaisies verbales. Je me doutais que l'opinion du jeune homme comptait pour elle. Même si, devant lui, elle proclame hautement le contraire. Elle a toujours eu un faible pour ce garçon mal aimé, et c'est la première fois qu'ils se disputent aussi âprement.

Après d'ultimes remerciements, nos nouveaux voisins s'en vont. Groupés sur le seuil, nous les regardons s'éloigner entre les hortensias défleuris, franchir la grille et traverser l'avenue. Martine décrète :

— Z'ont l'air valables.

— Pourvu qu'ils respectent les arbres, murmure Jean-Mi, soucieux.

CHAPITRE XIII

Je n'aime pas l'hiver, me confie Béa en se pelotonnant frileusement dans son fauteuil.

— Il a pourtant ses charmes.

Quand on ne s'attache pas au prix de l'électricité, du fuel et des bûches pour le chauffage. Cette année, notre bois ne nous a rien coûté ; l'abbé Vaneste ayant dû faire abattre un sapin malade nous en a fait cadeau, poussant la gentillesse jusqu'à le faire d'abord débiter.

Mon amie soupire de nouveau. Elle n'a pas son entrain habituel : une fine ride verticale se creuse entre ses sourcils. Pourtant, Emmanuel et Marie-Aimée vont bien. Le petit garçon est premier de sa classe ; la santé de sa sœur cause un peu moins de soucis.

— Qu'est-ce qui ne va pas, Béa ?

— Je ne sais pas.

Ses yeux verts ont une expression désorientée.

Elle boit une gorgée de thé, repose sa tasse, fronce le nez.

— Tout va bien. Pourtant, quelque chose cloche. Il me semble que Patrick se montre plus nerveux, plus impatient avec les enfants. Avec moi...

Ses doigts jouent avec la chaîne d'or ciselée qui tranche sur sa sobre et élégante robe noire. J'écoute, essayant de deviner ce qui se cache peut-être, sans que mon amie s'en rende compte derrière les mots banals.

— Avec moi, il n'est pas nerveux, non. Mais je sens... comment dire ?

Elle bat impatiemment du pied. Josué lève le museau, intrigué par cette manifestation inhabituelle.

— Une sorte de lassitude, je crois. Comme si quelque chose s'usait.

— L'habitude. La routine qui s'est sournoisement installée dans votre couple. C'est normal.

Je me rends compte que mon intonation est un rien trop rassurante. Pourtant, Béa ne s'en aperçoit pas et répète d'un air soulagé :

— La routine, oui, ce doit être cela.

— Peut-être consacres-tu un peu trop de temps aux enfants et pas assez à ton mari.

Je pense à ces dimanches d'automne où il a fait de la planche à voile en compagnie de sa collègue, Huguette, que j'ai vue durant nos vacances à Hossegor.

Parce que Béa est ma meilleure amie, je me sens tout à coup pleine de méfiance.

— Fais-toi belle pour lui. Sortez-vous souvent ?

— Ses fonctions nous y obligent, tu le sais bien.

— Il ne s'agit pas de ces sorties-là. Allez-vous au restaurant, au cinéma ou au théâtre rien que vous deux ?

— Deux ou trois fois par mois.

Elle répond avec une docilité, un sérieux qui me font mal. Si Patrick...

Non, mon imagination m'emporte. Patrick est honnête et droit, profondément attaché à sa femme et à ses enfant.

— Après tant d'années d'intimité, on s'imagine tout savoir de l'autre. C'est un choc de découvrir qu'il reste un étranger.

— Tu as éprouvé cela avec Pierre ?

— A plusieurs reprises. Et sans doute a-t-il sans me le dire fait la même constatation à mon égard. Au fond on est tellement habitué à naviguer en eaux calmes que la moindre vague vous secoue.

Mon amie se redresse, ses prunelles retrouvent leur éclat. Je l'ai rassurée en me rassurant moi-même.

— Comme les vierges sages, nous devons veiller à ce que notre lampe reste garnie.

— Très joli, tout ça, *querida*. Dans la pratique, que me conseilles-tu ?

Son sourire s'aiguise d'amicale moquerie. Prise de court, j'hésite avant de répondre qu'elle doit essayer de voir son mari avec un regard neuf. Et je cite Paul Géraldy :

Baisse un peu l'abat jour, veux-tu ?
Nous serons mieux.
C'est dans l'ombre que les cœurs causent,
Et l'on voit beaucoup mieux les yeux
Quand on voit un peu moins les choses.

Nous n'avons revu les G.D.F. qu'une seule fois depuis le jour où ils ont dîné ici. Le lundi, Catherine Menier m'a apporté une boîte de marrons glacés et je l'ai grondée. Entre voisins, on n'échange pas de présents lorsqu'on donne un coup de main. Elle m'a dit que mon geste leur avait donné chaud au cœur et cela m'a fait plaisir, plus plaisir encore que les marrons.

Martine, qui est un brin curieuse, voudrait en savoir plus sur leur compte. Quant à Jean-Mi, il s'inquiète du sort des arbres car Hugues Menier, quoique apparemment intéressé par ses arguments, n'a rien promis.

Ce soir, nous regardons une pièce de théâtre sur le petit écran. Un bon vieux vaudeville, La Dame de chez Maxim's, de Feydeau.

Je le connais depuis longtemps, mais c'est une nouveauté pour les enfants, qui rient de tout leur cœur.

La pièce terminée, Martine se lève, retrousse très haut sa large jupe et tente d'imiter la môme Crevette avec un retentissant : «Et allez donc ! C'est pas mon père !» Très souple, elle réussit à faire passer sa jambe par-dessus le dossier du fauteuil. J'applaudis. Son frère s'exclame :

— Qu'est-ce que tu portes là ? De la dentelle !

— Un pantalon de soie, fait-elle en se rengorgeant. C'est un «must». Seulement, c'est drôlement fragile. Et ça coûte gros.

L'index au creux du menton, elle rumine le problème. Soudain, une lueur filtre entre ses cils.

— Les malles de Mamé... Tu crois pas qu'on y trouverait de la lingerie comme ça ? Je vais voir.

Elle disparaît sans attendre ma réponse. Son frère prédit qu'elle va semer un beau désordre dans le grenier.

C'est plus que probable, hélas ! Mais elle repliera et rangera sous ma surveillance tous les vêtements qu'elle aura sortis des deux malles venues de chez ma belle-mère.

Un quart d'heure s'écoule. Jean-Mi s'apprête à sortir Josué lorsque la petite reparaît, rouge, décoiffée, brandissant une sorte de petit sac de peau.

— Visez moi ça ! Des pièces d'or. Trouvées dans la poche d'un truc... un genre de redingote.

Six pièces brillent dans sa paume. Son frère en prend une, l'examine, siffle entre ses dents :

— Des napoléons !

— Napoléon Ier ? Oh ! Chaleur !

— Tu es vraiment nulle ! As-tu déjà vu Napoléon Ier avec une moustache et une barbiche ?

— Ça vaut rien, alors ?

— De l'or, c'est de l'or, réplique sentencieusement son frère. Seulement, il appartient à Mamé.

Il n'a pas fini que la petite se rue sur le téléphone. Occupée à examiner les pièces, je mets un rien trop de temps à réagir. Lorsque je m'écrie : «As-tu vu l'heure ?» sa grand-mère a déjà décroché.

— Soir, Mamé. Je t'appelle parce que j'ai fouillé dans tes malles et que...

Elle s'interrompt ; une expression penaude remplace son air joyeux. Après quelques secondes, elle reprend d'un ton nettement plus calme :

— Ben non, j'ai pas pensé... Je m'excuse, mais, tu comprends, je viens de trouver un trésor ! Six pièces d'or, tu te rends compte ! Des... euh... des...

— Napoléons, souffle mon fils.

— Des napoléons, Mamé. Elles sont à toi... Oui... Non... Ben, un truc comme une redingote... Ah !

Après une assez longue pause, sa figure s'épanouit et elle s'écrie :

— Oh ! Merci, Mamé. Tu es chou... vraiment gentille, tu sais. Je m'excuse encore de t'avoir réveillée. Bonsoir, Mamé...

Déposant le combiné, elle se tourne vers nous :

— Elle nous les donne. Trois pour toi, vieux frère, trois pour moi. Elle dit que la redingote appartient à un oncle ; non, un grand-oncle... enfin un ancêtre à elle qui a été tué dans un endroit qui s'appelle Saint-Privat. Est-ce que c'est dans l'Hexagone ?

— Il s'agit sûrement du cimetière de Saint-Privat, dis-je. Les troupes de Napoléon III s'y sont battues contre les Prussiens, en 1870.

— Bof ! C'est à des années-lumière !

— Evidemment, en fait de guerre, on a fait mieux depuis, soupire mon fils.

Rêveur, il examine les trois pièces d'or, pensant sûrement à celui qui les a rangées dans la bourse avant de partir pour cette guerre dont il ne reviendrait pas.

— J'ai envie d'en garder une.

— Pas moi ! Ousqu'il faut les vendre pour pas se faire arnaquer ?

Silence indigné du côté de Jean-Mi, perplexe de mon côté.

Martine poursuit :

— J'en veux le maxi. Et je donne dix pour cent aux Petits Frères des Pauvres. Ça tombera pile pour Noël.

— Si on demandait à Eric de s'en charger ? dis-je.

— Je suis pour. Et toi, Jean-Mi ?

— Moi aussi. Mais je n'en vends que deux.

CHAPITRE XIV

Lorsque je relis les cinquante premières pages du manuscrit en chantier, l'intrigue m'apparaît si peu vraisemblable que j'ai un moment de panique.

Vais-je devoir modifier le destin de mes personnages, qui n'ont déjà que trop tendance à prendre le chemin qui leur plaît et non celui que je leur ai tracé ?

Où commence l'invraisemblance alors que, chaque jour, les nouvelles les plus incroyables nous viennent des quatre coins du monde ?

Ce raisonnement me rassure. Je conserve mon intrigue, qui n'est pas plus absurde que la vie réelle.

Pauline est décidément méconnaissable avec ses cheveux défrisés et coupés court. Si sa jupe pend, si elle se drape encore dans un immense châle à franges, elle a renoncé aux jambières multicolores. Tout doucement, l'influence de l'école d'hôtesses où elle s'est inscrite agit sur elle.

— C'est moche que tu travailles le samedi, dit-elle à Martine, qui rentre à l'instant de la *Bonbonnière*. On ne se voit presque plus.

— C'est la vie, réplique ma pouliche avec une gravité comique.

Dans un élan de franchise elle ajoute :

— C'est contraignant, oui. Mais, quand tu seras hôtesse dans un hyper-quelque-chose, peut-être que tu seras aussi forcée de travailler le samedi.

— Ça m'étonnerait.

— Qu'est-ce que tu préfères ? Un fast-food vite fait bien fait ou le dîner en famille ?

— Le dîner en famille. Mais pas trop de dessert, hein ! Sinon, bonjour, les kilos.

Pendant un moment, les deux demoiselles papotent, sautant d'un sujet à l'autre. Puis j'entends Pauline demander d'une voix indifférente :

— A propos, qu'est-ce qu'il devient, le blond qui est venu le jour de la fête du bac ?

Il s'agit évidemment d'Alain Gérard, qui a fait une brève apparition à ladite fête. Martine, qui n'a aucun flair, répond :

— Il fait son service militaire, tu sais bien.

Mortifiée, Pauline s'entortille nerveusement dans son châle. Elle ne sait comment s'y prendre pour en savoir plus sans avoir l'air d'être intéressée outre mesure. Je me doutais qu'Alain lui plaisait. Avec son manque de tact habituel, ma fille lui a répété les propos sarcastiques tenus par le jeune homme sur les fameuses jambières. Pauline a eu l'air de s'en moquer, mais, peu après, elle a renoncé à ces disgracieux accessoires.

— As-tu déjà oublié qu'il est venu la semaine passée ? dis-je d'un air faussement surpris.

Pauline rosit imperceptiblement. Martine hausse les épaules.

— Ben non, j'ai pas oublié. Mais c'est pas intéressant.

Mon sursaut ne lui échappe pas, mais elle feint de l'ignorer. Enroulant une mèche autour de son index, elle résume la visite d'Alain en une formule lapidaire :

— Y se pousse du col parce qu'il a appris à faire son lit.

La bouche de son amie s'ouvre jusqu'à former un D parfait. Je me mords les lèvres pour ne pas rire et me décide de nouveau à intervenir :

— En clair, cela signifie qu'Alain commence à prendre conscience des aspérités de la vie. Et pour parler comme vous, il les assume assez bien.

— Vraiment, madame ? roucoule Pauline.

— Tu parles ! ricane Martine, qui continue à ne s'apercevoir de rien. Il gémit sur les corvées parce qu'il aime pas se salir les pattes, râle d'être commandé par une meuf (1) – oui, ma vieille ! – dorlote ses pieds qui doivent marcher. Tout ça, c'est bon pour sa pomme conclut-elle avec une férocité inattendue.

Je l'observe, intriguée par cette amertume. Alain l'aurait-il blessée plus profondément que je ne le pensais (et qu'il ne le voulait) lorsqu'il lui a reproché à la fois son langage et son métier ? Durant la soirée, ils n'ont pas cessé de se lancer des piques ; cependant, quand il est parti, ma fille lui a souhaité bonne chance et a même ajouté : «Si tu ne veux pas qu'on t'oublie tout à fait, tâche de te pointer un peu plus souvent ici.» A-t-elle réfléchi par la suite et estimé qu'il avait dépassé les bornes ?

C'est un des rares sujets dont elle ne me parle pas librement.

Pauline, qui est restée muette devant cette violente tirade, réagit enfin :

— Je ne comprends pas. Tu m'en as toujours parlé avec...

— Bof ! coupe son amie. C'est juste un vieux copain. On se connaît... oh ! Presque depuis le biberon.

— Tu m'as dit qu'il considérait votre maison comme son vrai foyer.

— Et alors ? Ça n'empêche pas.

Le retour de Jean-Mi met fin à la discussion. Martine se

(1) Une fille.

détend ; une lueur perplexe continue à flotter pendant un moment dans les yeux de Pauline puis s'éteint.

Pauline nous quitte assez tôt. Martine la reconduit au quartier Goupil et revient en annonçant qu'il tombe «quelque chose qui ressemble vachement à de la neige».

La neige des Avents
A de longues dents

cite son frère en se levant et s'approchant de la croisée.

— Oui, il neige, confirme-t-il après avoir écarté les doubles rideaux. As-tu fermé le garage ?

— Oui.

— A clef ?

— M'enfin ! se rebiffe la petite.

Sur ce point-là, nous pouvons être tranquilles ; elle tient trop à sa chère Désirée pour ne pas l'enfermer à double tour.

Jean-Mi revient vers nous et jette un coup d'œil au feu qui brûle modestement dans la cheminée. Deux bûches, cela suffit pour réchauffer l'atmosphère et les cœurs.

— A quelle messe vas-tu demain ? Dix heures ou le soir ?

Comme moi, Martine préfère la messe du samedi soir. Malheureusement, depuis qu'elle travaille, c'est devenu compliqué.

— Oh ! La la ! gémit-elle. Faut-y vraiment y aller ?

— C'est la seule obligation que tu aies en tant que chrétienne, dis-je.

— Ah ! Non. Faut pas pécher. Faut être charitable. Faut...

— Ce sont des vertus que les non-croyants pratiquent aussi. Et parfois mieux que nous. Si l'Eglise te demande d'assister à la messe chaque semaine, c'est pour que tu reprennes contact avec elle. Que tu écoutes son enseignement.

— C'est contraignant.

— Et ton horaire à la *Bonbonnière* ? Et t'arrêter à un carrefour parce que le feu est rouge ? Ce n'est pas contraignant ?

— Faut bien puisque c'est la loi.

— La loi du Seigneur est plus importante que celle des hommes.

Jean-Mi, qui n'a rien dit jusque-là, approuve :

— Tu as entièrement raison. Lorsque je vois des musulmans observer strictement le ramadan, je ne me sens pas tellement fier de moi.

— On nous a dit de remplacer le maigre du vendredi par un sacrifice, mais qui y songe ? Pas moi, je l'avoue.

— Et maintenant, les évêques disent de refaire maigre, s'écrie Martine. Juste au moment où on fait une pub géante pour le bœuf !

Nous ne pouvons nous empêcher de rire et Jean-Mi observe que l'Eglise n'a pas à se soucier de la publicité.

— Oui, mais ça perturbe, réplique sa sœur.

— L'autre jour, je parlais des musulmans avec M. Frédéric ; il m'a donné une prière écrite par Anouar el-Sadate :

O Seigneur !
Vous avez effeuillé
certains de mes jours
et vous en avez fait
éclore d'autres.
En ce jour-ci,
rapprochez-moi
des bonnes actions
et éloignez-moi
du mal !...

Nous restons silencieux, méditant ce texte, rédigé par un homme que les fanatiques devaient assassiner. Par la fente des rideaux, je vois la neige tomber sans bruit, en flocons menus et serrés. Demain, le jardin disparaîtra sous une blanche fourrure et tout baignera dans un silence magique.

Aussi sensible que moi à l'ambiance, mon fils pose sur le tourne-disque le dernier mouvement des Saisons, de Vivaldi. Au moment précis où commence le céleste thème où passent des anges, Martine, qui n'a vraiment aucun sens poétique, s'étire et déclare :

— Bon, j'irai à la messe de dix heures.

CHAPITRE XV

La neige n'a tenu que vingt-quatre heures. Après son passage, le jardin est entré en léthargie. Finis, chrysanthèmes, asters, roses tardives. Seule la winter-beauty, la bruyère d'hiver, fait encore une tache rose-mauve.

Avec un peu de chance, l'hellébore fleurira pour Noël. Si le temps reste doux, je pourrai même couper quelques rameaux de forsythia et les mettre dans l'eau tiède. Après une quinzaine de jours, on verra paraître des petits boutons jaunes et les rameaux se métamorphoseront en bouquet d'or.

Comme toujours, nous inviterons mes parents et ma belle-mère à déjeuner ce jour-là. Je pense déjà au menu, je cherche dans mes fiches des recettes à la fois originales et faciles à réaliser. Jean-Mi, à qui il arrive de voir grand, aurait voulu que nous fassions un repas au champagne. Je n'ai eu aucune peine à lui démontrer que cela dépassait nos moyens. Evidemment, si j'en parlais à papa, il me dirait immédiatement qu'il se charge de fournir le nombre de bouteilles voulu. Seulement, j'ai ma fierté. Je mets mon point d'honneur à me débrouiller avec les moyens du bord.

Je suis toujours plongée dans mes recettes lorsque maman

arrive, en manteau et toque de fourrure, bottes de cuir assorties à sa robe lie-de-vin.

Me voyant conduire Josué au vestiaire, elle lance :

— Ne mets pas mon manteau dans la même pièce que lui. Il serait capable de le dévorer.

— Si Martine t'entendait !

— Ta fille est ridicule avec cet animal. Le jour où il crèvera...

Après avoir posé manteau et toque sur un fauteuil, elle ajoute d'un ton sévère :

— J'espère que tu n'en reprendras plus d'autre.

Je préfère ne pas répondre. Le jour où Josué mourra, nous aurons tous de la peine. Pour ma pouliche, ce sera un vrai déchirement, je le sais. Et je ne suis pas certaine qu'elle acceptera de le remplacer.

Maman s'assied, allume une cigarette et me demande ce que c'est que ces fiches.

— Des recettes. Je prépare le menu de Noël.

— Surtout, ne nous sers pas de magret. On ne voit plus que ça !

Pas plus que le champagne, le magret n'entre dans nos possibilités budgétaires. Heureusement, Martine a rapporté de ses vacances en Périgord une boite de foie gras fait à la ferme, que nous avons précieusement gardé.

Comme d'habitude, maman accepte une tasse de thé et un seul biscuit. Tout en fumant, elle effleure divers sujets sans s'y attarder et je commence à me sentir intriguée. Aurait-elle une idée derrière la tête ?

— J'ai un tas de coquilles d'œufs pour toi.

— Tant mieux. J'essaie de faire quelques tableaux supplémentaires pour Londres. Tout cela me prend énormément de temps. Et justement...

Elle se redresse, écrase sa cigarette dans le cendrier. Nous y voilà !

— Tu te souviens que, lors de nos vacances en Suède, chez Bengst et Marie-Neige, j'ai accepté de correspondre avec une jeune fille, Ingeborg, pour perfectionner son français.

J'incline affirmativement la tête, un peu déroutée par la tournure que prend l'entretien.

— Je n'ai ménagé ni mon temps ni ma peine et elle a fait beaucoup de progrès. Et voilà qu'elle m'écrit. Elle a obtenu de séjourner quelques mois en France pour achever de se perfectionner. Assez naïvement, elle me demande de l'héberger.

— Pourquoi naïvement ? Il me semble naturel qu'elle s'adresse à toi, sa correspondante.

— Il te semble, répète maman d'un ton à la fois railleur et agacé. Tu es comme ton père, tiens !

Dans sa bouche, ce n'est pas un compliment. Elle plante une Chesterfield dans son fume-cigarette style Marlène Dietrich, l'allume, souffle une bouffée de fumée.

— T'imagines-tu que je vais pouvoir m'occuper de cette petite, moi qui en ai plein les bras avec mon exposition, mes tableaux et toutes les obligations qui en découlent ? C'est impensable !

Un silence tombe. D'un geste machinal, maman prend un second biscuit, s'aperçoit de sa distraction et le remet dans la coupe garnie d'un napperon brodé.

— Par contre, si tu l'hébergeais comme tu as hébergé Bengst, cela te ferait une appréciable rentrée d'argent.

Comment n'ai-je pas deviné plus tôt que c'était cela qu'elle avait en tête ! «Tu baisses», dirait ma fille.

— Tu ne dis rien ? insiste-t-elle avec une pointe de sécheresse.

— Je réfléchis. Je puis la loger mais, pas plus que toi, je n'ai le temps de m'en occuper.

Le «pas plus que toi» ne lui plaît pas mais tant pis. Elle n'a pas l'air de se rendre compte de la somme de besogne que j'abats chaque jour. Ménage, cuisine, achats, jardin, couture... Sans oublier mes romans, auxquels je consacre plusieurs heures. Et je n'ai pas d'aide-ménagère, moi !

— Tes enfants peuvent t'aider, non ? D'ailleurs, tu n'auras pas à t'en occuper. Je me charge de l'inscrire à un cours que je connais. Un cours très sélect, avenue de la Grande-Armée.

— Si elle passe le plus clair de son temps à Paris, pourquoi ne pas la loger chez vous ?

J'aurais mieux fait de me taire. Les yeux de mon interlocutrice prennent l'éclat et la couleur de l'acier. Elle lance :

— Tu es vraiment extraordinaire ! Je t'apporte la possibilité de gagner facilement de l'argent et tu fais la fine bouche.

— Je ne...

— Laisse-moi finir. De plus, avec ton inconséquence habituelle, tu ne réalises pas que je vais m'absenter fréquemment pour mon exposition. Qui s'occupera d'lngeborg pendant mes absences ? Ton père, peut-être ?

Elle souligne cette dernière phrase d'un petit rire narquois.

— Mais, maman, je ne pensais pas que cette jeune fille viendrait si vite. Ton exposition a lieu en janvier...

— Et elle arrive en janvier. Pour un temps «indéterminatif», a-t-elle écrit. Il faudra que je lui explique...

Elle tire sur sa cigarette à petits coups rageurs. Habituée à tout mener à sa guise, elle ne supporte pas la contradiction. Je le sais depuis longtemps ; alors quel démon me pousse à discuter ?

Peut-être tout simplement le fait que, de temps à autre, j'en ai assez de n'être qu'un pion qu'elle déplace sans jamais lui demander son avis. Enfant et même jeune fille, je m'inclinais sans protester. Mariée, mère de deux enfants, j'ai continué. Depuis la mort de Pierre, depuis que je suis devenue chef de famille, les choses ont un peu, un tout petit peu changé.

— Est-ce que cela n'est pas désinvolte de sa part ?

— Les Suédois sont comme ça, me répond maman avec assurance.

Ça m'étonnerait mais je ne discute plus. Après une pause, durant laquelle ma compagne fume de plus en plus nerveusement, je déclare :

— Il faut que je consulte Jean-Mi et Martine avant de te donner ma réponse.

Cette capitulation déguisée l'apaise. Elle approuve :

— Naturellement, tes enfants ont voix au chapitre. Mais je ne vois pas pourquoi ils refuseraient la venue de cette jeune fille. Elle est charmante, tu peux le leur dire de ma part. Et fortunée, ce qui ne gâte rien.

La vérité, c'est que cela l'ennuie de prendre Ingeborg chez elle. Correspondre avec elle, corriger ses fautes de français, lui expliquer une règle de grammaire, parfait ! L'avoir en tiers dans sa maison, à sa table, c'est une contrainte et maman n'aime pas les contraintes.

— Nous en discuterons ce soir, dis-je.

Je vois bien qu'elle attend des remerciements mais je me tais.

Naturellement, dès qu'elle est sortie, j'ai des remords. C'est ma mère, je l'aime malgré son égoïsme ; j'aurais dû me montrer un peu plus charitable. D'autant qu'elle s'imagine sans doute de bonne foi nous rendre service.

Elle est gonflée, Thérèse, commente Martine. En somme, elle nous refile la corvée.

— Pas exactement mais...

— Inutile d'épiloguer là-dessus, coupe Jean-Mi. Thérèse ne changera jamais.

Il se lève, s'accoude à la cheminée et poursuit :

— La question est de savoir si, forts de l'expérience Bengst, nous acceptons de nouveau quelqu'un d'étranger à notre foyer.

— Ouch ! Que c'est bien dit ! raille sa sœur. J'en ai la frite au bain-marie.

— Vu ta façon de parler, il vaudrait mieux refuser l'offre. Quand Ingeborg regagnera la Suède, ses parents nous réclameront des dommages et intérêts.

— Jean-Mi n'a pas tort, ma pouliche. Si cette jeune fille vient, il faudra surveiller ton langage.

C'est là une perspective qui ne lui plaît guère. Mais l'idée que je pourrais refuser à cause d'elle lui plaît moins encore.

— Je suis capable de me surveiller, fait-elle dignement. Pour moi, c'est o.k. ; elle peut venir.

— Jean-Mi ?

— Pour moi aussi, répond-il avec indifférence.

Craignant sa perspicacité, je baisse les paupières pour qu'il ne puisse pas lire dans mes yeux. Car je réalise soudain que la venue de cette jeune Nordique est peut-être providentielle. Qui sait si elle n'aidera pas mon fils à guérir de son amour malheureux ?

Fin du trente-quatrième Cahier

ACHEVÉ D'IMPRIMER
SUR LES PRESSES DE
L'IMPRIMERIE JOUVE
A MAYENNE (53)

DÉPÔT LÉGAL : 2ème TRIMESTRE 1997
N° D'ÉDITEUR 207